時々刻々 94歳、ひとりで生きる

◆母へのオマージュを込めて

名倉眞知子 著

黎明書房

もくじ

昔気質

母の独り言　10
丁寧なお祝い　12
お出かけの準備　14
お掃除チェック　16
箪笥の虫よけ　18
封筒の保存派・ぽいぽい派　20
お墓参りとは　22
長男家に嫁いだ母の責任感　24

9

おしゃれと美味しい　27

白髪《しらが》染めへのこだわり　28
おしゃれと元気　30
美味しいと柔らかい　34
食べ物はどこへ行くのだろうか？　36

目と膝と歯の健康　37

目の働き　38
失われていく視力　40
顔の右半分のお化粧は省略できるか　43

人工関節は何年もつか？　目はいつまでもつか？　歯は？　46
お医者様との関係　51

頭の健康　53

70代の投資　楽しみが苦痛に　54
夫婦の関係　56
頭の中のイメージ　64
ハイテク機器駆使　66
非常ボタンの効果　68
小さな会社　70

「Bちゃん」のこと　会社、役員、個人の顔　74

趣味　77

小旅行　いざ鎌倉　78
お雛様を飾ることの愉しみ　82
草花の手入れ　85
鯉ちゃんよ、大きくな～れ　88

おしゃべりの能力　95

男と女の差はおしゃべりか？　96

街の情報通　100
言葉の壁の取り除き方とは？　104
配慮の人　108

快適な暮らしへの努力 ―― 111

お薬のセッティング作業　112
お薬の話Ⅱ　114
洗濯物干しor日向ぼっこ　116
快眠への憧れ　119
心地よい眠りを求めて　123

入浴のお手伝い　126
ヘルパーさんのお仕事　129
もう一つの大仕事　132

マイペースでも慎重に　135

お出かけの時の呪文　136
一人暮らしのリスク管理　139
一人暮らしの効用　142
介護施設のうわさ　145
老いるということ　148

時代の流れと　生きること　去ること ―― 153
1949年の母の日記に見る世相　154
客観的終わりに何を考えるか　158
活動的な生活はどういう影響を与えたか　166

あとがき　168

昔気質

母の独り言

セカンドハウスS庵にて、私たち夫婦と母は水入らずで休暇を過ごす。

日常の一コマ。母が真夜中にトイレに行く時、ガタゴトという物音がひとしきり静まった後、独り言が聞こえる。「イタタ〜」に始まり、「今何時、まだ2時間しか……」「よいっしょ、気を付けないと……」など、あれやこれや。要するに、一人暮らしが長くなり、何かにつけ独り言をしゃべる癖がついているらしい。

音に敏感な婿殿が言うには、いや、本能的に男性は真夜中の音に敏感なのであるが、夜中に人の声を聞くと何事か起きたかと目が覚めるそうだ。この5月連休滞在中、婿殿の安眠のため「お願いだから夜中にトイレに行く時、独り言は言わないでね」と頼んだ。その結果、今回の7連泊中はとても静かであった。きっとかなり気を遣ったのだろう。親子同居で起きるトラブルってこんなものだろうと思う。

こだわりのない婿殿と、こだわりのない母の関係は、旅先で「えっーと、どちら様のお母さまですか？」と尋ねられるほどフランクなものであることを付け加えておこう。

丁寧なお祝い

母の甥とその甥の長男若夫婦が連れ立って、甥の自宅新築と長男の結婚の報告のため数年ぶりに、S庵に急に来訪することとなった。

大慌てでお祝いを誂えた。お年玉を渡す時のように、「おめでとう」と言って祝儀袋をそのまま差し出すのは許されなくて、母はどうしても切手盆と袱紗が必要だと言う。

さて、その小道具はどこにあったかなと慌てて探すのは私。まあそういう風にしてお渡しすると格式があり有難味がかなり増すことは間違いないが……。

皆さん、神妙に受け取っていた。

13　昔気質

お出かけの準備

セカンドハウスS庵でたった1泊過ごすために車で移動する時も、母は長期旅行にでも行くように大騒ぎである。すべての荷物をファスナーのついたボストンバッグに収納しないと具合が悪いらしい。よってボストンバックの数は1、2泊でも3つくらいになる。紙袋にさっと入れて持てば軽いし出しやすいと思うのだが……。

そう言えば、ゴミ出し日にゴミを捨てる時、中身が見えないように乳白色のビニールに入れてから、透明ゴミ袋に入れてゴミ置き場に出している。私的なものが人様に見えては大変まずいことらしい。誰もそんなもの見ていないよと思うのだが、昭和初期生まれの母は恥の文化と言うか、どうしても開けっぴろげに見える様《さま》を受け入れることはできないようだ。節操のない私は、「つまり、自分も他人の持ち物やゴミなどこっそり見ているということかな」などと勘ぐってしまう。

15　昔気質

お掃除チェック

掃除魔で片付け魔の母は、娘の私の家へ泊りがけでやって来ると、チラとあたりを見回す。家の中の物の配置に軽いコメントをし、さりげなく棚の埃をチェックする。共働き家庭ゆえ必須の、お掃除おばさんが毎週入っているとは言うものの、母の来訪時には、こちらもある程度事前点検をしておかないとまずいといつも少し緊張していた。

一方、母の築50年超の家の奥まった所にある薄暗い廊下は、誰が通るでもない母自身のための廊下であるが、暗闇でいつもピカピカに光っている光景はちょっと不思議。お掃除用の各種洗剤や道具に関してはかなり博学で、今どきの便利なグッズにも詳しく、掃除は立派な趣味と言える。

ところが、10年ほど前から我が家に来た時のコメントが急になくなった。20年ほど前に判明した緑内障が進んだのか、どうもよく見えていないらしい。晩年は高齢のため体が硬くなり屈むことも困難となり、床の拭き掃除も悔しいことに汚れがよく見えなくて、手探り状態となりヘルパーさんに全面的にお掃除のお願いをするようになってしまった。

ある日、私が母の家の勝手口から「こんにちは〜」と1歩入ると、食卓テーブルの所定位置に腰掛けて、足をごそごそ前後に動かしている。「何してるの？」と聞くと「テーブルの下の拭き掃除」との答えであった。足元を見るとクイックル（花王）のお掃除ペーパーを足の下に敷いて動かしていた。

箪笥の虫よけ

和服に比べ洋服はまだ管理がしやすい。夏服は大汗をかいた時には直ぐ手洗いかドライクリーニングへ。合服は春と秋、年2回まとめて管理。冬服はシーズンが終わったらドライクリーニングへ。これは我々忙しい現代人の習慣である。

ところが和服は昨今着る機会が少ないこともあり、特に夏の着物は活躍の場はとても少なくなった。今の時代、袷《あわせ》の着物も同じものを年に繰り返し着ることがないので、頻繁に洗濯というか洗い張りをすることもなく、必然的に箪笥に眠っている時間が長くなる。すると、ちょっとした汚れを目指して虫どもが活動する。昔、「タンスにゴン」（KINCHO）のテレビコマーシャルが流行ったが、今や臭いナフタリンではなく便利な無臭の虫よけパックのお世話になることとなり、これはご親切にも1年経つと「終わり」の文字が浮かび上がる仕掛けとなっている。

こんな便利なものがなかったかつての時代、2、3年ぶりに取り出した着物にポツンと虫の喰った穴がありぞっとするという苦い思い出は、母の頭に強烈に刷り込まれている。で、着る予定も当面ないが虫が活動することを食い止めるべく、「箪笥から出して虫干しをして古い虫よけを取り換える」という厄介な作業はちょっと省略して、ポンポンと効果を信じて上へ上へと箪笥に虫よけパックを放り込んでいくこととなる。最低でも年に一度、私には「高価」と思われる虫よけパックを母は惜しげもなく、目を三角にして投入する。

嫁入り支度として結婚時に持参することが常識の、喪服をはじめとする最低限の和服一式が私の箪笥に眠っている。母が私に高価な虫よけを「はい、入れなさい」とくれるのは、それを将来着るかどうかではなく、虫にやられては悔しいというか、女として失態というか、そんな気持ちなのかもしれない。着物管理のエネルギーが娘の家の箪笥の中まで入りこんでいるのであろう。私としては、勝手に管理してもらえるので気持ちがとても楽だ。

封筒の保存派・ぽいぽい派

戦前戦後、物資不足で苦労したことが頭に染みついているのか、封筒の保存には執着があるらしい。母は、銀行のATMコーナーにあるような袋の、汚れがなくてきれいと思われる使用済み封筒を、さらに大きな封筒に入れて丁寧に保存している。こんなことして、中にお金でも紛れ込んでいたら危ないではないかしら？

一方、ぽいぽい派は正反対で、人によっては苦い思い出でもあるのか、不用品とみなしたものはすべてさっと即時に捨てている者もいる。母は前者、私は後者。

母の遺品整理をしていたら、押し入れのカンカンの中・机の引き出し・書類入れのケース……いろんなところから、忘れられた空封筒の束が出てきた。中にお金でもあれば整理し甲斐があるがと思いながら、中身を一つ一つ確かめた後、資源は大切にしないとと思いつつも、少し躊躇しながらポイした。

21　昔気質

お墓参りとは

「おばあちゃんが、お墓参りにうるさかった理由がよくわかったわ。」

ご先祖様はお墓にいらっしゃるというより、お仏壇の中の位牌にいらっしゃる。先祖代々のお仏壇がない家は、お墓参りで、私は先祖を大事にしているという義務というか気持ちの整理をするという考えは、素人の都合のよい解釈かもしれないが。

お彼岸や命日またはその少し前のお墓参りを「頼んだよ」と祖母がしきりに言っていたが……。確かに村のみんながお参りする時に、枯れた花がお墓の花入れに残っていては、我が家としていかにも体裁が悪い。「何というか、『見栄』みたいな感じでお墓参りをする気がするわ。うん、おばあちゃんの気持ちがやっとわかったわ……」これは80歳を超えた時の母の感想であった。

さて、私はと言うと、母の言葉に納得の年齢に近づいて来た気がする。

長男家に嫁いだ母の責任感

母は、ある種覚悟を持って、長男の家に「嫁いだ」のだろう。しかし、田舎の家は不在家とし、父と母は厄介な村付き合いを避け、街を住み家とした。それでも、お寺とのお付き合い・法事の段取り・田んぼのお米造りのお願い・山の境界の確認・お墓の整備と墓誌の設置その記載者選択・仏壇のお洗濯と管理・昔からの男衆とのお付き合い・親戚の系譜確認とその伝承など、さまざまなことを自然に母が行うことになっていた。

不思議なことに、父は山や田畑のことなど何も知らないし無関心のように思われた。後日、父の父、つまり祖父の遺言メモを見ると、曰く「T（父）は、山や田畑のことはとてもわからないと思うので良きに処分するように」とあり、実は祖父もうまく把握できていなかったのかもしれない。

25　昔気質

私は、今頃になって男女の差と言うか役割について考えることが多くなった。基本的におしゃべりで情報通、生きることには攻撃的ではなく穏やかに暮らしたい保守的な女たちが、何かと伝承していく役を担っていくのではないかと。結果的に、覚悟を持たなくても自然に負担なくこれらを伝承していけるのが、昔の日本の村の人々、今の地方都市における人々、主に女たちであり、その役割、つまり遺伝子に組み込まれた能力が、継承することへの責任感をより強いものにしているのだろう。

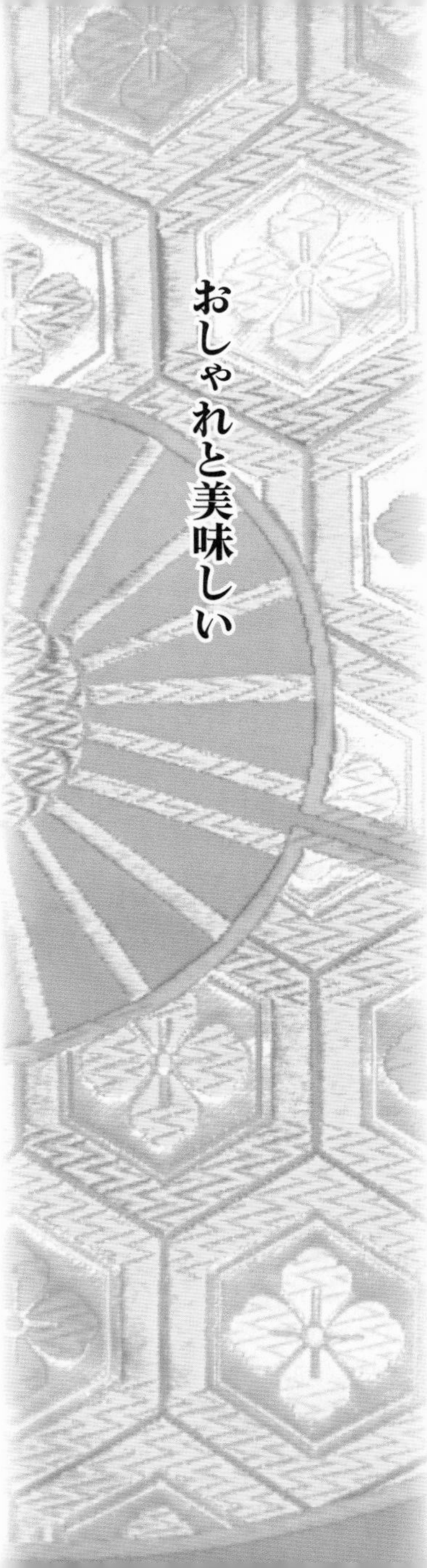

おしゃれと美味しい

白髪《しらが》染めへのこだわり

しっかり年老いているのに、髪の毛だけ黒いのはおかしいというのが私の持論。真っ白な髪の毛はどんな色の洋服にも合うと思うが、お年寄りの黒く染めた毛には常日頃、違和感を感じているからだ。

母にとって、美容院にサッサと素早く行けなくなったことは大事件である。歩いて5分の美容院にも足元が不自由になってからはタクシーでお出かけである。美容師さんがお店を移転され遠くなっても、追いかけるようにタクシーでお出かけ。その方がお亡くなりになったら、得意の情報網で別の美容院へタクシーでお出かけだ。

ついに、タクシーや送り迎えの車でのお出かけもなかなか困難になると、出張美容を頼んだ。足元はおぼつかなくても電話でお願いするのは大得意。コロナ禍が収まる気配もなく、真面目な性格の美容師さんだったので、厳密な衛生管理のもと出張してくださり、念願を果たした。

しかし、さすがの美容師さんも毛染めは自宅では対応不可能である。ついに、冬は毛糸の帽子、夏は麻のニットの帽子をかぶってごまかすこととなり、母の気持ちは安定した。

亡くなった時に、毛先5センチくらいに白くなりかけの茶色い色が残っていたのは、自然でよかったなと、ほっこりした気分になった。

おしゃれと元気

お年寄りと言えども身綺麗に過ごす努力は当然のこと。さらに、季節・天候・来訪者・その日の気分に合った服装、それに合うアクセサリー（ブローチ・ペンダント・指輪・イアリング）やスカーフ・マフラー、欠かさぬお化粧、身支度には時間がかかるが意欲次第。

親しい訪問者の服装やアクセサリーには敏感に反応し、娘やお嫁さんの所持品、特にアクセサリーには興味津々。目をくるくる動かし、いかにも欲しそうな顔つきとなる。「それ、どうしたの？　いいわね。私にも買ってきて」「えっ、もう売っていないんだって？」「じゃあ、これ貸してあげるわ。その代わり例の○○の指輪貸してくれる？」その点は、血は争えない私。

洋服の整理整頓・保存については、自分に不用となったものを友人や家族にもら

ってもらうか、取りあえず取っておく。もちろん捨てることは念頭にない。購入したものは価値が高く、自作の衣類は少し低く見ていたのか、あまり保存しない。母の基準は、材料代人件費（費やした時間）よりも「買ったよ！」という思いに大きな価値があるようだ。

ファッションには流行があり、襟の大きさ・襟ぐり・丈・ライン・柄の有無・柄の大きさ・そのデザイン、色調、20年前のものはもちろんのこと、30年、40年前の衣服はさすがに今に通用しない。でも、捨てられない。

おしゃれを考えるのには頭が充分回転することが必須条件で、膨大な衣服を保存するにも管理にかなりの労力が不可欠だ。亡くなる2年ほど前、実家を訪れると母はセーターを着ていたが、いつものようにブローチをしていない。指輪が緩くなりお勝手仕事の際に抜け落ち下水に流れそうになり、はめることのできる物が限られたなどと言い、おしゃれに対する意欲が急速に落ちた、と私は感じた。

生活に便利で、最小限の必要な家のスペースを考え、収納品を管理し易くするために、母は思い立って断捨離する決心を一度はした。ところが、冷静に考えると溢れてはいるが、完璧な保存状態の衣服を捨てる決断や手間など、とても不可能と恐れをなし、断捨離を諦めたのは亡くなる1年前の93歳の時である。

おしゃれと整頓行動が鈍ってくることは、終末期が近づいている危険サインと考えてよかろう。

美味しいと柔らかい

歯の不具合は「美味しい」に致命的な影響を与えるものらしい。

「美味しい食事」を食べた時の一言は「これは柔らかくて美味しいね」と必ず「柔らかくて」が枕言葉だ。歯が痛いと美味しさも半減し、食事に時間がかかり、たくさん食べることができなくなり、カロリー・栄養不足に陥る。

私も7、8年前に顎関節症が2年間治らなかった時に、食事をとりにくくなり体重が4キロも減りダイエットできたと戸惑いながらも嬉しかった。

身長160センチで大柄だった母はこの1年で56キロくらいの体重が48キロまで減ったようだ。なんと言っても歯は大事だ。

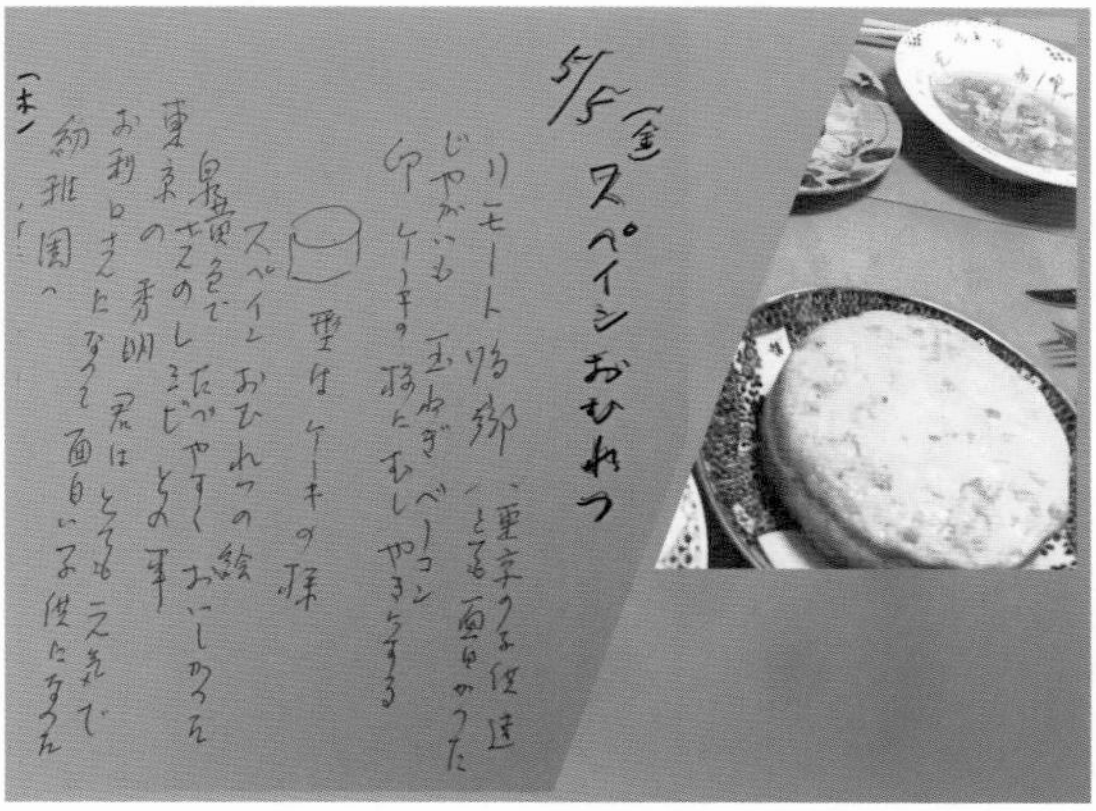
5/5（金）スペインおむれつ
じゃがいも 玉ねぎ ベーコン
型は ケーキの様
スペインおむれつの絵
東京の秀明君は とても元気で
幼稚園へ

食べ物はどこへ行くのだろうか？

体重が増えないのもお年寄りの不思議の一つ。食べるスピードが遅いので、食べている時間の割にそうたくさんは口に運ぶことはできていない。ますますぶきっちょになる箸つかいに、思わずスプーンを差し出したくなるが、いやいやそれは失礼だとじっと我慢して眺めていると、こちらまで食が細くなりそうだ。しかしそれは食欲が衰えたわけではなく、こなせないだけだ。体はついていけないものの、食欲は旺盛である。

曰く、「寂聴さんが『こんなに年をとったのに、ご飯が美味しくてパクパク食べているが、一体どこに入っていくんだろう？』と、おっしゃってるけど本当にその通り不思議だわ～」。瀬戸内寂聴さんの言葉を取り上げるなんて、気が利いていると思うが、90代の独り身女性にとって寂聴さん99歳（当時）は憧れの存在なのだろう。しかし、その寂聴さんも２０２１年秋、100歳を目前にして亡くなった。

目と膝と歯の健康

目の働き

人間にとって大事な目は、年とともに疎くなる。白内障は人工レンズを入れればある程度問題は解決するらしいが、緑内障となるともう大変である。視野狭窄《きょうさく》が進むと最後は失明となるが、症状の早期発見により薬で失明の引き延ばしはできるらしい。

一般的に緑内障の病状を改善する手術はないと言われているが、なんと母は80歳を過ぎてから左右4回もの眼圧を抑えるための涙袋の切開手術を受けている。つまり、視神経圧迫を止め、進行を遅らせるのである。かなり大変な手術で、1回の手術の後、10日ほどの入院と絶対安静を要する。

目からの情報は重要で、物をどこかに置いたり、引き出しにしまったりしたことを忘れたとしても、何気なく何かの折に目で確かめていれば記憶は更新される。

チラチラと風景の片隅に見える時はよかったが、目の不具合による情報不足は、生活に大きな支障をきたし、四六時中もの探しをしていなければならない結果となる。

ここ1年、急速に緑内障の症状が進んだらしく、メモの見落としなどからの勘違いなどで話の辻褄が合わず、私は一瞬ついに認知症かと真剣に悩んだことがある。暫くして、目からの情報が乏しいことにより、思い込みや想像で話が混乱するということが判明。見えないことをカバーするために母は一生懸命記憶に頼っていたのである。認知どころかボケている暇はなかったらしい。

失われていく視力

緑内障で視野が失われつつあった母の、一人暮らしで誰にも遠慮なく自由に暮らす工夫とは？

・リビング・キッチン・寝室、どこにいても見える聞こえる家に不釣り合いな、50インチ（縦80センチ、横110センチ）の巨大テレビへ買い替え
・キッチン調理台はガスから電磁調理器に変更
・刃先の鋭い切れ味の良い包丁は使わず、しまい込む
・まな板は白でなく野菜の位置がよくわかる色付きに変更
・ご飯茶碗は米粒の残りがよくわかる黒い色の茶碗にする
・食卓ではお茶を注ぎそこなってもいいようにトレーを敷く
・筆記用具は太字ボールペンでは見えないので細めのマジックペンを使う
・洗濯バサミは5センチの通常サイズから目を瞑っても扱える10センチのピン

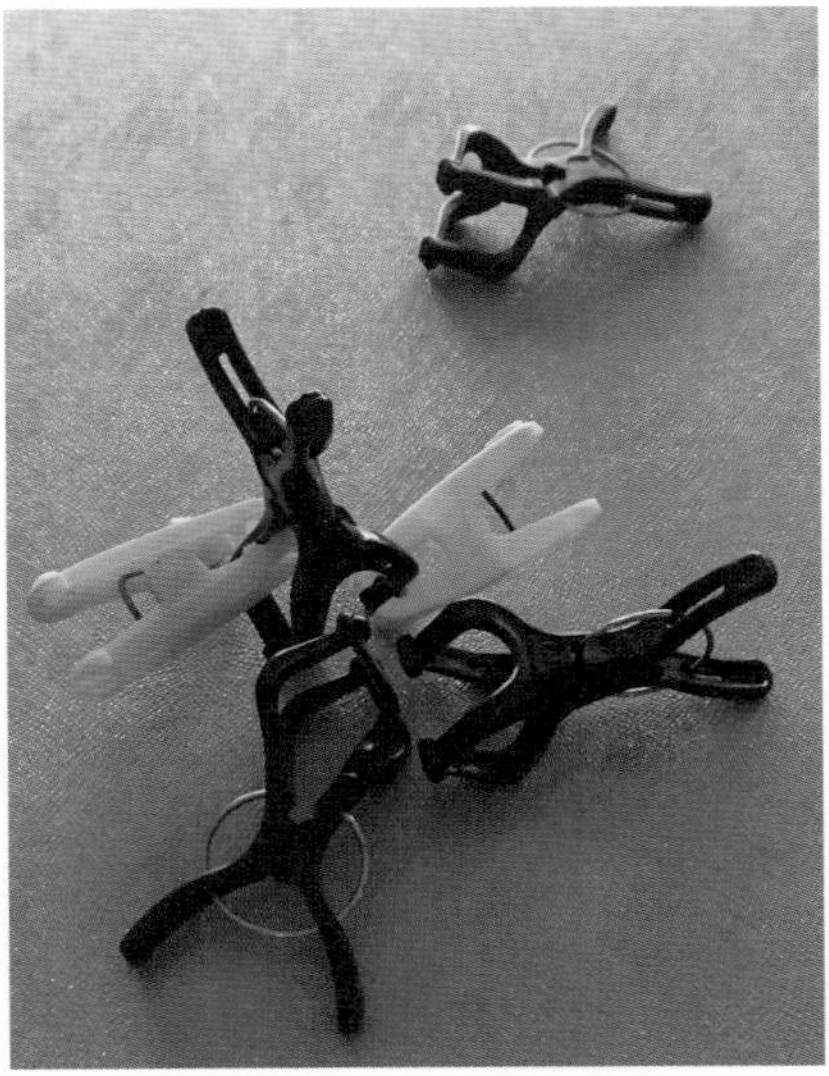

チへ
・脱げると危ないスリッパは、足を半包みにする（シューズタイプ）硬くも柔らかくもないものを通販で取り寄せ愛用する
・細かい字が読めなくても新聞は購読し、ボケないようにクロスワードパズルは続ける
・自分では絶対行く気のない施設だが、デイサービスで使っているらしい、脳トレテストを入手し試してみる

知人・親族・テレビ・ヘルパーさんなどから情報を得て工夫努力したのである。しかし、如何せん目はどんどん悪くなり、母は情けない顔をして「もう、テストはできないわ。字が歪んで見え問題がわからないもの」とつぶやいた。

顔の右半分のお化粧は省略できるか

その目だが、いったいどれだけ見えなくなっているのか……まずここ半年で右目は全く見えなくなった。左目はどうも視野2、3割程度らしい。ピンポイントで視力1.0くらいは見えることもある。散々どうだこうだと尋ねて得た結論だが、効き目の右が見えないと前後の感覚が狂い、湯呑に正しくお茶を汲むこと、珈琲を飲む時、カップにこぼさずきちんとミルクを入れること、お茶碗にご飯粒を残さないことなど、かなりの集中力と努力がいるらしい。

物を見る時は顔を上下に動かすのではなく左右に動かしたらとか、電気を明るくしたらどうかとか、私たち周囲の者にとっては、可哀想ねえと他人事の世界ではなく、どうすればうまく生活できるかの研究の世界である。一人暮らしの生活はいつまで可能かと心配しているのは本人以外の私たちでもある。

眼鏡をもう一度変えてみるとか意味のないこともやってみたかったようである。眼鏡屋さんに新しく誂える勢いで出かけたところ、「お作り直してもご満足いかない可能性がありますので、あえてお勧めはできません」などとアドバイスを受け、注文を諦めた過去が既にあり、やはり無理よと断念してもらった。

目の不具合は、介護認定の対象ポイントにならないのは驚きだ。包丁が怖くて使えなくなり、自費でお料理ヘルパーさんのお助けを受けることとなったが、味付け・切り方・分量など意思がうまく伝わらず私と母は多少苦戦した。

ある日、「顔の右半分はお化粧しなくていいかしら、どうせ見えないし」と母が真面目な顔をして言った。「ちゃんと目はぱっちり開いているし、傍目には目が見えないとは絶対見えないからね！」と私は説明をしながら大笑いした。マイペースもここまでくると大したものである。

45　目と膝と歯の健康

人工関節は何年もつか？　目はいつまでもつか？　歯は？

母は70代中頃より膝関節変形症がますます悪化し、足もむくみ歩行が困難になった。２００５年、78歳の時、81歳の母の姉を誘って私たち夫婦と12日間のラグジュアリー船クリスタルシリーズで、バルト海クルーズに出かけた。婿殿の強力な車いすサポートを受けて。

その後さらに膝は悪化し、じーっと食卓の定番の椅子に座って指差し指示する状態となってしまった。整形外科で膝の水抜きをした注射針の跡から黴菌が入り、左足全体が鬼のこん棒のように真っ赤に炎症を起こして腫れ、２００７年総合病院で2か月の入院生活を送る羽目となった。退院して都会の整形外科医に診てもらったら、人工関節しかないと言われ恐れ慄いて帰ってきた。

別の整形外科に通い始め半年くらいたった頃だったと思う。「実はもう3回も先

47　目と膝と歯の健康

生に人工関節の手術を受けたらと勧められている」とポツリと言うので、そんなに勧められるなんてきっと可能性があるに違いないと私は正直驚いた。今こそ、一大決心の時ということで、２００８年、81歳の時、両足それぞれ全身麻酔手術で１か月ずつ入院の、半年がかりの大手術に挑んだ。

２０１０年、83歳、晴れて今度はカナリヤ諸島を訪れるクルーズに意気揚々とかうか頑張って出かけた。旅行前には一部の入れ歯をインプラントに変えて、クルーズのディナーではステーキも頂いた。ピンチはチャンスだ。

つい最近、人工関節は何年もつかの話になった。「25年じゃなかったたっけ。十分もつわね」と私が言うと「いや確か20年だったよ」と母が言う。うん、ギリギリセーフねと頷く私。母の母は101歳まで生きたが、亡くなる20年前からほとんど歩けなくなっていた。母の女系親族は全員関節の軟骨に弱点を抱えている。だから、寝たきりでなく歩ける状態で100歳まで生きるというのが母の目標なのである。

49　目と膝と歯の健康

さて、80歳の頃、緑内障の目はいつまでもつだろうかという議論の中で、眼医者の先生が「90歳まではなんとかもたせましょう」とおっしゃったと言って、母は明らかに落ち込んだ様子を見せた。40歳の先生にとって90歳は果てしなく先の世界。しかし……。今度先生に言われたら「私の命は90年でしょうか?」と言ったらどうかしらとアドバイスしたら本当に言ったそうだ。それ以来、二度と「90歳までは」の発言は出ることはなくなったようだ。患者の立場に立つことは本当に大切なことと思う。

ちなみに、後で知ったのだがインプラントはカナリヤ諸島クルーズの5年後にすべて抜け落ちたらしい。そのため、歯ぐきが痩せて残りの入れ歯まで維持が難しくなった。この件は、私にとってインプラント神話に対する警告と肝に銘じることとなった。

お医者様との関係

一般的に、70歳、80歳を越えると「医者通い」は重要な日常生活となる。単なる暇つぶしではなく、快適に生きることを目指す本人の努力の結果が「医者通い」だろうか。

日本社会が成熟化し、患者の医療に対する知識も広がった。医療者の裾野も広がったが、逆に、医師は専門科に分かれることによって、専門外のことに対応できない事例が多くなった。お医者様は神様ではなくなってきている。

しかし、母の世代にはまだまだお医者様は神様で、神様の前では緊張のあまり聞きたいことも満足に聞けずモヤモヤとした気持ちで帰宅する。

コンピューター画面でなく、患者さんと向き合って会話してくださるお医者様には信頼感が湧くものである。「○○先生は私の服をしげしげと見るようよ」「何という訳なく家族のことを聞かれたわ」おしゃべりの母はそれに反応し緊張がほぐれるらしく、思わず悩みも話すこととなる。名医は患者の会話にそこそこ応じたりするため診療が混みあうのかもしれない。

つくづく思う。「人間」は精密機械というか精密生物体で、体の仕組みは相互関連していて専門分野のみでは診断できないことも多かろうと。手に負えないような患者については、早めに更なる専門医を紹介するとか、匙を投げてくれれば、セカンドオピニオンで危機的状況に陥る前に救われる場合もあるのではなかろうか。高齢者と言えども生きる必死の努力をしている人たちを、年だからの一言で片づけないでほしいものだ。セカンドオピニオンで二度三度救われた母を見て思う。

頭の健康

70代の投資　楽しみが苦痛に

子供たちも独立し、しっかりそれぞれの基盤を築き心配はなくなった。まだまだ元気な60代は夫婦で旅行や、お稽古ごとに精を出す。60代後半にもなると、老後の楽しみに何が良いか、いろいろ考えて、「お金は眠らせていてももったいないし、そうそう、巷の経済にも関心が持て頭の訓練にもなる株式投資でも」これはゆとりある老夫婦のよくある思考回路である。

「株式への投資は自分で分析するには専門能力が必要で面倒で大変」「投資ポイントを織り込んだ専門家が組み立てた投資信託が便利で素早い」などというのが証券会社の戦略だ。それに客を乗せるのは赤子の手を捻るより容易《たやす》い。

この低金利時代に投資信託企画料、証券会社のコスト、担当者の持参するプレゼント代を賄って余るほどの利益が期待できるとは考えにくい、と私は思う。自分なりに選んだ個別銘柄の株式投資の方が、自分自身の納得がいくし、失敗しても謙虚に反省できる、それこそ自己責任の世界である。それができないのであれば……。

案の定、母は「担当の○○さんがお歳暮に美味しいものを届けてくれて嬉しいわ。でも、今度、株屋さんの支店長がわざわざお目にかかりたいとかで来るそうで憂鬱」などと言い、セールスシステムに組み込まれていったようである。

証券会社の月次報告書の数値によれば、なんと何百万も含み損を抱えているようだ。母曰く、「数字を見ているだけで胸が悪くなってくる。でも、毎月家賃収入みたいに決まって配当が振り込まれてくるし、それは嬉しい」。

しかし、ついにと言うか、やはりと言うか、含み損がどんどん膨らむ債券は大損をしても売却するという決断をして、母はやっとすっきりと心の安定を取り戻したようだ。

夫婦の関係

夫は81歳で亡くなり、その時妻は74歳。亡くなる4年前に心不全の病がわかり、「この病気は入退院を繰り返すこととなりますので覚悟してください」と医師からの説明を受けた。

初めての緊急入院時は不慣れなこともあり妻は緊張して対処した。

二度目の入院時には病院でしっかりケアしてもらえるから安心と考えたか、妻は友人たちと国内旅行に出かけた。

四度目の入院中に、妻は健康管理のためスイミング教室に通い始めた。

六度目の入院時（亡くなる前年の7月）には、余命2週間と言われた。毎日血中酸素飽和度を測り、夫婦とも、それぞれ手帳と日記に几帳面に数値の記録を残している。妻「酸素飽和度80で妄想・幻覚症状とお付き合い。」夫「今日は78だったのが90に上昇しまずまずだ。」93になったら夫は「腹減った」「おなかペコペコ」と訴える。

生死の境をさまよったが何とか退院。意識不明の状態時に、大声で叫んだり暴れていたが何だったのかと妻が問うと「苦しいことは何もなくとても良い気持ちだった。暗いトンネルが前方に見えそこを進むと明るい場所に出た。川が流れ、一面花畑でとても美しい。川の向こうに亡くなった友人が静かに佇んでいる。お互いの会話はない」と話し、全く問題はないと、夫は怪訝そうな顔で答える。

七度目の3週間の入院は、朝転んだことがきっかけで、本人が「もう死んだ」と主張するので10月23日緊急入院。

・夫は入院後3、4日の間に「死んだ人間は入院する必要はない」「死んでいるので食べない」

・夫が「生きているか」と聞くので「生きているよ」と妻が答えると、それなら……と夫は梨を食べる

・寝ている白い布団を眺めて「棺桶だ。棺桶の中で身動きが取れず苦しい」

・「夜中に5回も釘を打つ音がした」などと言い、夜中の3時に妻へ電話をした

これは妻の日記の記載である。その後正気に戻り医師や看護婦に、妄想にとらわれ無理難題を言ったことを謝った。丁度この頃夫は以下のメモを手帳に残している。

・10月25日午後10時頃、付き添いの妻が自宅へ帰ってから「遺言《ゆいごん》」しておきたい

と言って、自宅への帰宅時刻を見計らって看護婦さんに電話をつないでもらい、恒例の夜の good night を言い、簡単に終わりました。看護婦さんが「Gさんの遺言はそれだけで済みですか」（1分くらいで良いのです。）ハイOKです。一般の方の遺言は大変難しいのだそうですねと言われてびっくりです。正式の契約書の文言によるものらしい。

・10月26日午後10時から27日午前9時半まで、30分おきに嘆願しました。30分に一度電話を頼みました。1分でよいから電話を、臨終の言をなぜ本当にひと言言いたい時に言わせてもらえないのか。

・便所にも自由に行きたい、ご飯も自分や妻と食べるほうがはるかにおいしく、そうしたいのに突然私は一室に閉じ込められたのです。外部との連絡の遮断です。こちらはM県のT市ですが、この電話は県外のものらしいです。ケータイも利用できません。

・世間で言う法律的な遺言は私の場合何もありません。必要もありません。家族とその他の人たちに一言ありがとうと言うことで一日を終えたいのです。

・今、10月27日（土曜日）が大体1時間経過しました、俗な言い方をすれば妻子

61　頭の健康

が朝のおはようを聞くために、あす（実は今日）10時ころ訪ねて来てくれます。

・本当のところ私は精神と肉体が分裂してしまったのでしょうか。妻は頑張ってお正月を迎えてくださいと言います。そうなると思います。何か変だと思いませんか。

この後、夫は10月末に食欲を回復し、奇跡的に翌月中旬退院する。一日おきに風呂に入り、念願の晩酌ウイスキーも1杯ずつ飲む。退院を聞きつけて12月上旬にやってきた友人と囲碁対局をし、下旬に自分史を校了。酸欠状態で苦しい中でも、囲碁対局、自分史配布など、日常の平穏な生活を営んでいる。

目標通り、新年を迎えて、妻の日記記録によると「フーフーちゃん本当に大変だが入浴」。亡くなる前日、酸欠がひどく自宅で亡くなると厄介だからと、夫は自分自身で入院の手配を行うという段取りの良さ。妻はまさにその日かなり厳しい「緑内障」が発覚しショックを受け、大変なことになったと二人で大騒ぎをしている。

＊＊＊

この項では二人の関係を描写するのに「父」「母」とは表現できなかった。筆まめな二人の記述によると、両者の気持ちの動きは一心同体的な部分と、一歩離れた視線で見つめる他者としての関係が微妙に交じり合っている。それとともに、死の近い人間の精神と肉体の分離の様子から、私は人の心と体のあいまいな交流(体が不具合になると心に妄想をもたらし、体が改善すると頭が平常な感覚を取り戻す。その行き来している状況)に、動物ではない人間的な形を見出したように思い、なぜかほっとする感情を抱いた。

頭の中のイメージ

半年ほど前、母と話をしていたら面白いことを言った。

「頭の中の記憶する場所が結構いっぱいで大変。」

頭の真ん中に、真横に太い線というか領域の境があるそうだ。線より上は、東京の息子夫婦や孫やひ孫のこと・お寺や友達や親戚のこと……。線より下は、毎日のするべき生活のこと・健康のこと・食事のこと・ペットの鯉ちゃんのこと・家の修理管理……。要するに外の世界と内（日常）の世界の区分らしい。

頭の中の覚える場所を区分けしておかないと、ただでさえ満杯の頭の中がますますごちゃごちゃになるとぼやいていた。

で、私のことはどの辺にあるの？　と聞いたら一瞬戸惑って困って答えられなかった。喜ぶべきか悲しむべきか。

ハイテク機器駆使

母はもう30年も前から警備会社に自宅の警備を依頼していた。今では大手のM社やA社などは競争状態にあり警備費用も随分安くなったが、契約見直しをしていなかったので月3万円以上、年間40万円もの支払いを続けていた。

見直しをということで、機械の全面取り換えを実施し費用も半額以下となったが、有線が無線となった。その操作方法の変化は相当なものだったが、何とか当時92歳の母はマスターした。遠方の私は、どこにいてもスマホの警備操作サイトで状況が把握できる便利さは本当に助かった。いつ警備を開始し、また解除したか(つまり、夜何時に警備をかけ入浴したか、朝何時に起きベッドの中でリモコン警備解除操作をしたか)、何時に家の内部をどう動いたか、庭の周辺をいつ人が歩いたか、どの窓を開けたかなどなど……。

十数年ほど前にZ社の「見守りポット」を契約した。ポットの電源のオン・オフや、お湯を使った場合には、インターネットで遠隔地の家族2か所に情報が送られてくるシステムである。ポットの底に機器が設置されていて外見は普通のポットと何ら変わりはない。朝起きたら電源を入れ、夜、家の警備をかけたら電源を切るという約束を交わし、情報メールが私に送られてくることにより、遠くにいてもある程度の行動把握は行っていた。

ところが、今や最新の家の警備システムは、それをはるかに上回る状況把握機能を有し、情報サイトから状況を確認できるようになっていた。何よりもこのシステムを操作できる能力が母にあったのは驚きとともに大きな喜びであった。

非常ボタンの効果

警備会社のシステムの追加サービスで月額たった140円だが、「緊急出動サービス」というものがある。首に発信ボタンをかけ、転んで自分の力で立ち上がれなくなったら、そのボタンを押して出動依頼をするという仕組みである。

ある日、東京の弟から「お母さんが転んでどうしても立てなくて困っていると連絡があった」との電話。なぜ東京へ？　と不審に思ったが、母は家の中を這って移動し、どうにか電話にたどり着いたら、電話機が偶然はずれ電話が勝手に東京にかかったとのこと。東京から名古屋の私へ、名古屋の私からY市の警備会社本部へ、Y市から母の住むT市の警備会社拠点へ連絡、警備員が駆け付け立ち上がるサポートへと、思わぬ連係プレーで転んでから約1時間余りで無事救出。

それがもとで、「緊急出動サービス」の存在を知り、契約することとなったのである。「転んだら終わり」という呪文のような母の口癖は、首かけ発信ボタンで若干唱えることが少なくなった。しかし、今度はこの首かけ発信ボタン、入浴時以外は寝ている間も絶対外してはダメなんだと恨めしそうに眺めることとなった。

ところが、これには後日談がある。腹痛からひっくり返って意識を失った時、ボタンを押すどころの状況ではなかったのである。生死の境目となるくらい、急に具合の悪くなった時のボタン操作は、やはり期待できるものではない、ということがしっかり実証されたわけである。

小さな会社

会社の寿命は50年。50年を超えればかなり立派なことだというビジネス界の説がある。継続性の原則、人の命には限りがあるが会社は永続するものであると、私は、学生時代に叩き込まれたが……。昨今の人間の平均寿命は日本では男女とも80歳超となり、90歳を超えて初めて立派だと言われ、何やら逆転の様相である。

母は設立50年超の同族会社の代表を務めていた。と言ってもこの会社、父の事業のおまけからスタートし、事務消耗品の販売・計算事務代行・保険代理業・不動産賃貸業などを営んでいた。この会社の経営責任はすべて代表の母にあったため、母の入れ込みは大したものだった。少額だが母の財産を生み出したこともあり、責任感が培われるのは当然の成り行きであった。

各種会計帳簿の作成、資金管理をはじめとする経営方針の決定など、どんなに小さくても会社は会社、すべきことはたくさんある。30年も経つと、この会社の業務は、ITの発達とともに変化した。ついに、街なかに建設した間口三間のウナギの寝床の小さな3階建て鉄骨ビルの賃貸のみが業務となった。

鉄骨ビルの原因不明の雨漏り修繕、テナントの退店入店に伴う管理、近隣対策などども、小さいビルとは言え手間のかかることは一人前である。東日本大震災発生で、耐震構造にも築40年超のビルは不安が増大し、ついに、解体の決断をすることとなった。この時点で、母の想いはいかばかりであったか。身をそがれるような気持ちだっただろうが、私たちは意を決し対応した。

会社とともに歩んだ母は、80代後半まで手計算で会計帳簿を作成していた。パソコンなら簡単に処理できるところ、これは母の脳トレには効果的と母の手計算にゆだねた。会計数値の相互関連性の検証（数字に係る書類を相互にチェック）をすることは、母のボケ度を知る遠隔チェックシステムである。普段離れている私にとって心強い手段であった。

残念なことに、緑内障が進み、字が見にくく、書きにくく、左から右への数字が追えなくなった。ついに見るに見かねて現金出納帳の記帳のみを母の仕事とした。母は94歳までやり通し、「立派」の一言に尽きる会社経営であった。

この小さな会社はビル解体後休眠状態となっていたが、会社は永続すべきものであるという古風な考えから、事業を再開し、今も脈々と生きながらえている。

「Bちゃん」のこと　会社、役員、個人の顔

大げさに言うと、経営と資本は分離しているのが資本主義の世界の常識である。ところが同族会社なんて、法人（会社）・出資者（資本家）・代表取締役（役員代表）、みんな一緒じゃないの！

確かに出資者の総意＝会社、出資者の中心＝会社代表、会社代表＝個人、個人＝地主、地主＝地主＝会社への賃貸人などなど。しかし、お金の計算はそれぞれ区分しないと会計の世界は成り立たない。

母は会社のことを「Bちゃん」と呼んでることを数年前に知った。「Bちゃん」がビルを建設するため、「私」は銀行へ借入手続に行ってこないと。「Bちゃん」のテナント賃貸契約書を作成しないと。「私」は「Bちゃん」からお給料と貸している土地の地代をもらわないと。「私」は固定資産税の按分計算をし「私」の

受け取り地代に対する不動産所得の確定申告をしないと。「Bちゃん」のビル解体資金が足りないので「私」は「Bちゃん」にお金を貸す。「Bちゃん」に役員保険が入ったので「私」は「Bちゃん」から貸付金を取り戻す。「Bちゃん」の費用がかさみ貸付を返せないとなったら「私」は債権放棄して「Bちゃん」を支援。

経理の勉強もしていない、会社勤めの経験もない、ただの家庭の主婦のはずの母が、50年の実務経験を経ていっぱしの経営者に成長し、会社と個人のお金の区分管理に厳密だったことは、今更ながら、とても誇りに思っている。

趣味

小旅行　いざ鎌倉

80代前半までは何とか海外旅行もできた母だが、思い出に残る最後の二つのM県T市から県外への宿泊小旅行がある。

一つ目の小旅行は、大阪への兄弟姉妹会出席のための旅行（1泊2日）である。93歳と90歳の関西在住の二人の姉、母88歳、東京在住の弟86歳の兄弟姉妹全員の4名が集まった。今を逃しては誰かが欠けるかボケるかのぎりぎりのタイミングである。

公共交通機関を三つほど乗り継がねばならず、乗り継ぎ時間の設定、階段やエレベーターの設置や場所、トイレの場所、タクシーの手配など、仕切り屋の母の気は焦るが目は見えにくいなどの不安がある。私も一人で付き添うため、かなりの緊張感が漂う。幸い、インターネットで駅構内図の情報は簡単に入手でき、シミュレーションは何とかなった。しかし、想定外だったのはエスカレーターに「飛び乗る」ことができなかったことだ。目を瞑っていても乗れたはずのエスカレーターが、手すりをつかみ、かつ足を動く階段に乗せるタイミングを合わせる能力は、間違いなく低下していたのである。足踏みを2、3回してやっと乗る。

二つ目の小旅行（2泊3日）は、91歳の時、生まれたひ孫に会いに「いざ鎌倉」と、孫夫婦が暮らす鎌倉市へのお出かけである。他家の見取り図をチェックし暮らしやすく工夫しているかを確認するのが、母の人知れぬ趣味でかなり気合が入っていた。

タクシー・電車・新幹線・電車・タクシーと乗り継いで行く。途中、トイレの標識を見つけると念のためにと10分のトイレタイムとなる。事前にインターネットの駅構内地図で、エスカレーターでなくエレベーターの位置を丹念にチェックする。

やっと目的の賃貸アパートに到着。ところがここで、私たちは唖然とする。目的の部屋は2階でエレベーターはなく、階段はやけに段差が高いような気がする。ここに着くまで、事前調べをしてなんとか4時間近く階段を避けてきたのに、最後にそびえる階段とは！

母は大きく息をついて手すりにしがみつくようにして力を奮い起こした。周囲の付き添い者たちは、引っ張り上げることも、お尻を押すことも叶わず、本人の奮闘を息をつめて見守るばかりである。

私は、これが母の最後の旅行になったなと後ろ姿を見ながら観念した。しかし、ひ孫をその手で抱くことができ、すべての苦労は報われた。

お雛様を飾ることの愉しみ

母の重要な年間行事と言うと、2月第1週にお雛様を飾ることである。このあと1か月間が至福の時となる。桃の花を飾ったり、女学校時代のお友達を呼んでお昼ご飯を食べたり、ひな祭りの茶事を開いたり……、3月3日に惜しみつつ丁寧に布に包んで片付けるまでの間、ひな祭りは一大イベントというわけだ。

あの雛飾りは、戦後物のない時代に嫁入り道具の一つとして持ってきた様子はないので、おそらく娘の私が生まれた時に誂えたものと思われる。終戦直後の貧しく質素な時代で、お内裏様お雛様と三人官女と金屏風・雪洞《ぼんぼり》・菱台・お膳揃えくらいで、五人囃子もいない、高さが1mもない三段雛飾りである。

当の私の記憶と言えば10歳くらいまで付き合っていたが、何か楽しかったかなとウキウキする思い出はない。戦後生まれの私は、何しろ勉強や学校行事や戸外での遊びに忙しく、楽しみと言えば、見ることを制約されていたテレビを土曜日の午後に1時間半、許されることが最大の関心事だったので。いわゆる団塊の世代で、私の子供時代は高度経済成長期であり、忙しく慌ただしい時代だったと言える。お雛様を押し入れから出して飾るということ、また、1か月もすると、こまごまとした道具を丁寧に仕舞わなければいけないということを、何と面倒に感じていたことか。

昨年3月に入った頃、知人がラインでひな祭りの動画を送ってくれた。それには「うれしいひなまつり」の歌が流れていた。じっくりと聞いたのは生まれて初めてだった。その歌詞によると、「官女がお嫁に行った姉さんみたい」とか、「朝から綺麗な着物を着ておめかしした」とか……。

そこで、はっと気が付いた。私の時代は角隠しのお嫁さん姿は憧れではなかった。また、お雛様の時でなくても、行事があればおめかししてお出かけをしていたことを。女の子が、極端に言えば、主役となるお雛様の歌の世界の母の時代と、私の時代は随分かけ離れていたことを。

「女性が主役を務めることができるのはお嫁さんに行く時」であった母の時代を象徴しているのが、ひな祭りの行事であったということを改めて思い知ったのである。

草花の手入れ

「じっと見つめると花はよく咲く、よそ見をしていると咲かないし枯れる」は、庭や鉢植えの草花を咲かせるコツと言われるようだ。子供を育てるようなものかもしれないが、過剰ではない手をかければ結果が出るというのは、ものを言わない草花ならではと思う。

鉢植えのシクラメンを庭に下ろしたら翌年勝手に花が咲いた、私は戴いたものの手を焼いたシンビジュームを母に預けたら翌年ちゃんと咲かせてくれた、君子蘭の植え替えは母の父すなわち私の祖父伝来のマニュアル通りに行う、庭の水やりは草花には欠かせないが庭木には過保護となるのではと思うくらい熱心に撒く、などなど、母は草花の手入れをよくした。

何十年と母が書き続けた日記帳の解禁後、すなわち母がいなくなった後、読んでみると、花庭に関わる記載が毎日のようにあり、日常生活における草花の重要性がうかがわれる。台所を預かる者の悩みごとであるお料理に関する記載は月に一度も見られないことも。つまり、お料理は重要性から外れていた……これもまたこの家の家庭生活の有り様だ。

20年前、父が亡くなる直前に父が編集した「我が家の草花」というタイトルの1冊のアルバムには母が手がけた四季折々の草花が咲き誇っている。

鯉ちゃんよ、大きくな〜れ

母の家の池の鯉は、年代物である。約60年前に築庭し、郷里の懐かしい庭石を運び込み、父の念願であったと思われる「鯉の池」の登場である。

錦鯉の寿命は平均30年らしいが、今から3年前までは、洪水による逃走・病気や猫の攻撃などはあったものの、全滅したという話は聞いていない。当然卵も生まれるし、孵化して成長もし、代を重ねると錦鯉はすべてが美しいわけではなくなり、黒くて馬鹿でかいのも泳いでいた。ここ10年ほどは老齢化したのか卵が産まれたということも話題に上らなくなっていた。

母の大事なペット「鯉ちゃん」たちは、雨戸をガラガラと開けるとその音で朝食をもらいに群がってくる。世の中には200歳という長寿の鯉も存在するらしいが、家の鯉も母とは長命を競っているかのようであった。

異変は3年前の年末近くに突然訪れた。

1匹何者かに殺《や》られたという事件から始まり、その翌日にも、また翌々日にも次々と悲劇は起こった。鯉は池の外に引きずり出されて転がっていた。泣く泣くご近所の男の方の手助けで始末していた。

どうもご近所の方の話によると、どこそこの干し柿がとられた、など姿を顕さない動物の悪さが聞こえてくると言う。

鯉はかなり重いため始末は大変である。朝起きて池の周りを眺める時の「今日は大丈夫か？」という母のドキドキとストレスたるや如何ほどであったか。

ついに、遠隔地の私に泣きが入り、私たち夫婦は夜中にやってくる見えぬ相手に対する防衛対策で、効果があるらしいと聞いた池周りのイルミネーションを設置した。丁度クリスマスのシーズンである。

2、3日は平和な日々が過ぎた。が、また、朝が来ると複数の鯉が殺られていた。古い網戸を池にかぶせたりして、何とか年は越したが、ついに年明けに、最後の2匹がかぶせた網戸の下の池の中で、無残な状態となっていた。外に引きずり出すことはできなかったようだが池の中でバシャバシャ殺ったようである。

敵の姿はついに確認できず、ハクビシンではなかったかと想像するのみである。悔しいので仇を討つべく市から捕獲檻を借りてはどうかなど検討したが、市内各所に出没しているらしく、すぐには段取りできなかった。

空虚な庭の池を見て、母は「鯉のいない池なんて何ともならない」とこぼしていたが、私は、この先の世話のことを苦にしていたので、もちろん口には出さないが、内心、ほっとしていた。

池の掃除チーム、これは庭掃除のシルバーさんと母の連携作業であるが、池を綺麗に維持するための作業は高齢老人二人の大変重要な日常活動となっていたようである。

鯉が全滅してから約半年後のある日、鯉の幼魚を10匹ほど入れたとの事後報告があり、愕然とした。なんと、チーム二人はホームセンターに出掛け、5センチのちびたちを買ってきたとのこと。その頃の母はもうデパートにもスーパーにも行く元気はなくなっていて、病院以外の外出などとんでもないという状態であったのに、すっかり虚を突かれたという印象であった。「5センチの鯉なんてハクビシンは狙わないから……」との説明だった。

「鯉ちゃんよ、大きくな～れ」のチーム二人の掛け声のもと、その後たった2年で鯉は30、40センチにも成長した。ペットは彼らの生き甲斐である。毎朝の餌やりのほか、浄化ポンプのチェック、青粉（アオコ）発生への対処、大雨の後の池のゴミ取り、水の入れ替えなどなど。

鯉の池の再スタートから3年後、私は母亡き後の、鯉ちゃんたちの今後の行き場を求め、てんやわんやさせられることになってしまったのは、想定の範囲と言わざるを得ない。

私のスマホのラインビデオをふと開くと、「ケッ　ケッ　ケッ」と笑い声が聞こえ、大きな母の顔が現れる。スマホに向かってしゃべりかけるなんて、かなり恥ずかしいことである。「ほら、早く何かしゃべりなさいよ」と促すと、「うふっ、鯉ちゃんは大きくなりましたからね、見てもらわないとつまりませんからね」と言う、ひ孫のヒデ君へのラインビデオが偶然残っていた。

おしゃべりの能力

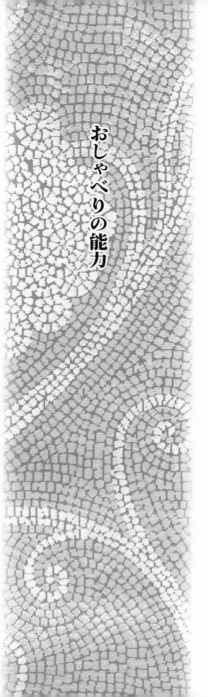

男と女の差はおしゃべりか？

20年前、心臓病で入院していた父の看護、と言っても、私は母の代わりにまる1日付き添っただけだが、その時の記憶である。

「静かでいいな～」と父がぽつり。私と父との話題は同業がゆえ、いつもの大半の話題は仕事がらみで、あと共通の関心となるのは旅行とかゴルフだ。しかし、父は高齢と病気のため、すっかりそれらから引退してしまっていて話題もなく、私は付き添うそばで本でも読んでいるくらいである。

心臓病は酸欠状態から思考能力が衰え、面倒な話はとても頭が回らなくなる。付き添いの意味はというと、何かしてほしいが看護師さんを呼ぶのは気が引けるといった時のお手伝いといった役割のようである。

一般的に、世話女房と言われる妻たちは色々話しかけながら、旦那様が必要と思われることを聞きだすのが役割と心得ている。が、基本的に必要なこと以外は声を出さない旦那様は、声掛けに対しその都度答えねばならないことが、大変面倒くさいこととなっているようである。

暫くして父は「伊勢商人の世界の研究はしたが、もう一つ日本海における北前船の歴史はテーマとしてとても面白く研究したいが、残念ながらもう時間がないなあ」とやや熱心に自分から話し出した。

一方、母と私の話題は、家の歴史から親族のこと、先代の性格や行動エピソードなど事あるごとに母が話してくれたが、私はふんふんと頷いているだけで際限なく話は続くのである。

間違いなく女はおしゃべりであり、そのおしゃべりからは、過去の人々の姿が生き生きと浮かび上がってくる。同時に、母本人の感想・気持ち・意見が織り込まれ、新たに母の人間像までもが浮かび上がってくるのである。おしゃべりは大切だ。片や、父との会話で感じたことは、何か見えない壁のようなものがあり、つまり、ガードが固く本当の姿を理解するのにはやや手間を要した。母の一方的なおしゃべりと考え合わせると、女と男という生物は、何か本能的な役割に重大な差があるに違いない、とますます確信を抱くことになった。

白子廻船資料
伊勢商人 文献
紺野浦二 大伝馬町(一)
紺野浦二 大伝馬町(二) 仕入帳 その他
増訂 白子郷土史
大黒屋光太夫シリーズ・その他
三井家勘定管見
あけぼの
遠きロシアより
岸 宏子
三重県
宝暦ばなし
江戸時代の帳合法
河原一夫 著

街の情報通

日常家庭生活を送る場合、女にとって「どうだ、大丈夫か」「頼んだぞ」と言う相手はいない。家庭の主婦は、家庭と外との窓口の役割を担う。登場人物は

保険会社外交員（保険更新時の手続き）
田んぼ耕作依頼人（田舎の田のお米耕作依頼・管理）
お寺さん（お盆・法事の依頼調整）
寺世話さん（お寺関係の集金対応）
親戚関係（法事などの行事のとりまとめ）
工事屋さん（家の中や外回りのトラブル修理）
修理屋さん（雨漏りチェック、シロアリチェック）
電気屋さん（クーラー掃除、電気器具故障なおし、切れた電球の取り替え）
植木屋さん（庭木の剪定依頼）

シルバーさん（庭掃除の依頼、池のポンプ清掃依頼）
宅急便のお兄さん（宅配物の受け取り、荷物の小屋への収納手伝いの依頼）
クリーニング屋さん（依頼、配達、受取）
ご近所の人（ゴミ出し・玄関掃除・どぶ掃除の際の交流）
ヘルパーさん（食料・生活用品の買い物依頼、生鮮食品の季節の様子）
私的ヘルパーさん（車の運転、デパートでのお買い物のおつきあい）
自動車販売店（運転はしないものの保有車の点検・車検の依頼・段取り）
タクシー運転手（お出かけ時の大事な足）
女学校同級生（気ままな独り身のため集まってくる同級生とのひと時）
趣味の会の仲間・先生（お茶・水墨・健康維持のためのプール通い）
介護施設入居の同級生（仲間と訪れ環境・様子をチェック）
デパートの外商（お中元・お歳暮・贈答品などの手配依頼）
証券会社（断れない外交員訪問の対応）
銀行員（断れない外交員訪問の対応）
病院のお医者様（主治医〔整形担当・眼科担当・内科担当・皮膚科担当〕、

周辺の他の患者との会話）
薬剤師さん（調合薬局での対応）
美容師さん（四方山話《よもやまばなし》をしストレス解消を図る）
不動産屋さん（保有の賃貸物件の様子を聞く、不動産情報や町の景気を聞く）
警備会社担当者（警備操作ミスの結果駆け付けた担当者といろいろ）

これらの人々から、本来の用事以外に街の様子を聞き出し、世の中の気配を感じることで、母はほとんど家にいながら驚くほどの街の情報通となっていった。人との会話は大切である。

言葉の壁の取り除き方とは？

海外船旅の一コマ。戦中派の母は敵国語の英語の教育は全く受けていない。同じ戦中派でも7歳年上の父はまだ大学まで英語を普通に学んだため、読解力と筆記は達者である。

1990年代の12日間、ノールカップを巡る船旅に両親と私たち夫婦で参加したが、乗船者はいわゆる外国人ばかり。もちろん、日常の洗濯物はキャビンステュワーデスに頼むこともできるが、気苦労なため自分で洗うこととなる。

船の中ほどにある洗濯室に出かけ、アチラ製の洗濯機や乾燥機を操作しないといけない。なまじ英語教育を受けている私は、プライドが障害となり説明文を読むなどし、悪戦苦闘。

片や、母は涼しい顔をして、すべての操作や、「設置の乾燥機を使用する時の紙のようなリンスシート」を使うことまでスイスイとこなし、モタモタしている私にいろいろと教えてくれ、いつの間に？　と、かなり驚いた。洗濯室に居合わせた外人さんに、身振り手振りと笑顔と日本語をひたすらしゃべることで、すべての操作方法を教えてもらったとのこと。

一方の父は半ば呆れ顔で「どれどれ、その英語の解説書は僕が訳してあげよう。書くことだっていくらでもできるさ」と言いながら格好をつけているが、母から「お父さんは耳が悪いからね」などと言われっぱなしであった。

そう言えば、30年前、私たち夫婦はドイツ古城街道を1週間、レンタカーで回ったことがある。道に迷い、地元で飛び込んだ工場のおじさんに山の上の古城に行く道を教えてもらったことを思い出した。私たちはひたすら片言の英語をしゃべり、おじさんは当然のごとくドイツ語で懇切丁寧に教えてくれた経験があった。「ありがとう」とこれだけはドイツ語で言って別れた後、あれ？　こっちは英語、むこうはドイツ語だったのにしっかり意思は通じたみたい……。

身振り手振りと、必死の熱意あふれる表情は言葉の壁を越えるものである。待てよ、残念ながら今はネット時代、スマホのグーグルマップと翻訳アプリで事足りて、人との交流は必要なくなっているのかもしれない。しかし、ジェスチャーによる人との会話・交流は、時代を超えて残る優れた人間的能力（コミュニケーション手段）であろう。

SEVEN SEAS VOYAGER

配慮の人

私は40年間のフルタイムの現役時代、相当忙しく見えていたらしい。母にとって、何かを「お願いできる」ような雰囲気は全く漂っていなかったようだ。

母が80代後半になった頃、実家を覗いた際「忙しいでしょうけど今日時間はある？」と恐る恐る尋ねてくるようになった。こちらもほぼ引退して、ゆとりもあるので実家を覗くようになったのだから、もちろん時間はあるに決まっている。お願いの内容は、「電球が切れたので取り替えてほしい」「池に枯葉が浮いているのでタモで掬ってほしい」「2階の窓を開けて空気を入れ替えてほしい」「銀行でお金を出してきてほしい」……などたわいもないことだ。

健康管理については、若い者と同居せず一人住まいしていると、体調が多少悪くてもそのまま我慢して済ませてしまう。時間軸が伸びているせいかお医者様に行

くのも何となく遅れがちになり、晩年は、「自分の体のことなのに、どうしてほっといたの！」と、訪問しなかった自分の身勝手を反省もせず怒ること度々。

老親が二人だけで過ごしていた時は、老夫婦でギリギリまで助け合い救急車を呼び入院したことも3、4回はあったようで、いつも事後報告だった。母一人になってもその習慣が続き、ヘルパーさんの判断で緊急入院。そのあと報告があり、本当に申し訳なかったがさっさと進めてくれてありがたいと思ったことも多々あった。

子に迷惑を掛けたくないという配慮が、今になって思うと感謝あるのみである。ボケずに94歳まで独居を貫くことができたのも、この心掛けのなせる業に違いない。

快適な暮らしへの努力

お薬のセッティング作業

高齢の母にとってお医者様は神様である。神様が良かれと思って処方してくださったお薬はすべてきちんと飲まなければならない。内科、整形外科、眼科、皮膚科……、体内で化学変化をよくも起こさないものだ。いや、そのリスクを考えるとおそらくそう恐ろしいお薬は処方されていないのかもしれない。

朝、昼、夕、パターンは違うし粉あり錠剤ありで、それを間違いなくセットしていた母を見て、その記憶力の良さに呆れてしまった。おそらく、真面目さと健康への執着などから、きっとこの大事な作業時にはかなりピリッと神経を集中していたと思われる。

異変を感じたのは93歳になった頃か……。いつも「1週間分位」の薬のセットをしていたはずが、夕方に「明日の朝の薬の準備を」と慌てていることに気づいた。

目も不自由、日常生活はすべきことが順調に運ばない、うっかり居眠りをすると食事の時間が来てしまうなどなど、以前のように事が運ばなくなっている。私は、そもそも、そんなにたくさんの種類のお薬を飲む必要があるのかとは思ったが、なんと言ってもそれは母にとって精神安定効果大なのだ。

そこで、初めて便利なシステムを知った。お医者様の指示があれば、日付別に朝昼夕の個包装を薬局がしてくれることを。母にとって、お薬を間違えないようセットしなければというストレスからの解放ではあったが、脳の活性化は損なわれたのではないかとも思ったものの、93歳もう十分努力してきたよねと私は納得した。

お薬の話Ⅱ

時代はもう一つ遡る。同居していた母の義母つまり私の祖母は92歳で天寿を全うしたが、その祖母の、75歳頃の薬に纏《まつ》わる話である。

祖母は「私は若い頃大病をし、体が弱いので」が口癖で、お医者様の指示は大変真面目に守って、処方された大量のお薬はことごとく正確に飲んでいた。「体が弱いので不眠症はよくない」との考えからか不眠を和らげる安定剤も処方してもらっていた。そうこうしているうちに、なぜか体調不良になり、結果、今で言う認知症状態となり、夜の徘徊、トイレ過敏症、母と孫の私との区別もあいまいとなってしまった。

この時期、家の改装が必要となり「おばあさん悪いけど、家が整うまでの2か月間施設に入って」とお願いした。それは母の介護負担をなくすための父の妙案であったかもしれない。今から40年以上も前の話でもあり、介護保険の制度もなく、当時姥捨山という評判が一般的な中、認知症状態で本人がどの程度事態を自覚していたかははっきりしないが、「特別養護施設」に慌てて入所してもらった。

施設では認知症状態のひどさとあまりの大量のお薬に驚き、「とにかく高血圧症以外のすべての薬を断つ」判断をした。1週間もしないうちに目に生気が戻り「世間体が悪い、こんなところには何時までも居られない。早く出たい」と連呼するようになった。施設のお医者様もその頭の晴れ具合に仰天である。

家の改装が済むまで何とかなだめすかし、めでたく自宅へ戻り、それから10年以上、まともな普通の老人生活を穏やかに送ることとなり、家族にも平和な日常が訪れた。

このことをきっかけに、薬は毒だとまでは思わないが、極力避けようというのが私の信条となった。

洗濯物干しor日向ぼっこ

一人暮らしをしていた94歳の母は、ヘルパーさんの助けはあるものの、日常生活すべてを自分の判断と肉体でこなさなければならなかった。

戸外の庭の南側の洗濯物干し場へ出ることは、もう何年も前から不可能になっていた。多分背が縮み竿に手が届かなくなったか、洗濯物を抱えて歩くことができなくなったか、急な雨の時、取り入れに全く間に合わなかったか……。

室内用の簡易物干しスタンドを息子（私の弟）に買ってもらって和室南側の廊下に置いていたが、そこまでの10メートルの距離が遠く負担となった。ついにその簡易物干しスタンドをリビングのテレビの横に持ってきた。室内の風景に構ってはいられない。

ある日、午後2時頃、用があり実家を訪ねると、まだ洗濯物は洗いあがった状態で洗濯機の中に残っていた。冬の日はもう蔭ろうとしているのに干す暇がないと言う。母は干す作業に30分はかかるが、私なら5分で完了。年をとれば誰でもきっとこうなるのだろう。時間が足りない。

一方、母が26年間同居した前述の「お薬の話Ⅱ」の祖母は、もう70代前半には自分で洗濯はしていなかった。食事の用意も買い物もお風呂の準備も掃除も、全部お嫁さんである母にお任せだ。

晩年、専ら昼は離れの日当たりのよい廊下で籐の椅子に腰を掛け、庭と池の鯉を眺めて過ごしていた。ある日、「もう私のお金のことはあんたに任せたから頼むよ」と母に宣言して以来、お金の計算もしなくなっていた。

いつだったかボケていたわけではないが、5円玉と50円玉をじっと見てかなり考え込んでいた。目が悪くなったのか？　久しぶりにお金を見て勘が狂ったか？

いずれを幸せというか私にはわからない。

快眠への憧れ

ひと昔前の一般的な一戸建ての家の間取りは、1階は居間・キッチン・応接間・和室兼寝室、2階は子供部屋と言ったところか。

和室での毎朝毎晩の布団の上げ下ろしは、埃っぽいし、しんどいし、ベッドで寝ていないのは、時代遅れでスマートでない。60歳にもなって大きく建て替えるのは現実的でないし……というわけで、両親は応接間の上、2階に寝室を造る改装を実施した。

大空を眺め解放感に浸り、日当たりと風通しもよく、寝ていてジメジメ感もない。今どき流行りのタワーマンション高層階の疑似体験である。洋風の壁紙とカーテン、サイドテーブルにおしゃれなスタンド、ミニ本棚に寝ながら見られるテレビなど、ホテルの一室のような憧れの寝室の完成である。

ところが、軽やかに駆け上がるはずの階段は、しばらくして発症した心臓病のため、父にとってしだいに厳しいものとなった。数年後、家の中の風景構わず1階和室に電動ベッドを設置し、母は再び、その横で布団上げ下ろしの毎日となった。

父亡き後、母は膝の支障でとても、2階に上がることはできなくなっていた。空いた電動ベッドへの移動である。こうして「夢の寝室」生活は10年で終わった。

2階の様子が気になる。風も通さないといけないし、今度、娘夫婦がその寝室に泊まる時は掃除もしなければならない。季節に合った布団の入れ替えも必要だ。母は、階段の手すりにすがりながら這い上がる努力をしていた。しかし、90歳間近ともなると、落ちたら終わりと唱えつつ階段を上がる努力をしてみるが、足を15センチ持ち上げる筋力は失われていた。

普段使わない二階家は、老人にとって大層なお荷物になったと思うが、人は15年後の自分を想像するのは難しいことと、私も母も再認識することとなった。

ちなみに、天井に達する書籍棚を備えた、父憧れの書斎も、駐車場の上を改造した2階に、還暦を過ぎてから造った。父の城だ。これは、父の老後の20年足らずの中の、濃密な10年間の何物にも代えがたい空間となった。

かくして、実家は改装に改装を重ね、上下複雑でかつ長細い家となったのである。

心地よい眠りを求めて

爆睡は若者の特技。高齢者にとっては、今夜いかに気分よく眠れるか？　が重要事項である。

旅先などいつもの自分のベッドと異なる時の念入りなチェックは大事だ。バタンキューというわけにはいかない。次に枕。「枕が変わると……」は旅先だけの現象ではない。我が家で寝る時にも、布団にどう寝るか、少し足元にかませ物をして足を上げると良い、寝返りをうまく打てたとしてベッドから落ちない位置にやや斜めに寝る……。

トイレに起きる時にうまく立てるか？　という心配から、上げ下げ自由・角度調整可能の電動ベッドは高齢者の必需品となる。床からの高さが40、50センチならまだしも、気づいたら母のベッドは高さが床から70センチにもなっていた。トイレに起きる時、するっと立ち上がれる高さで楽ちんらしいが、なんと危険なことか。

当然ベッドの硬さも重要。あまり硬いと体が痛いが、寝返りもままならないようになってくると、柔らかいものを好むようになる。しかし、心地よい柔らかさはじっと固まって床ずれの恐れあり、と、素人の私は考える。特に足や腕にけがや腫れがある場合、なおさらそれを庇って寝返りは打たなくなる。

これらの、何が正しい寝方か、適切な寝る体勢は何か、といった問題に私は辛抱強くお付き合いすることとなる。おしゃべりな母の相手を十分してあげられないことに対するせめてもの親孝行、と心に刻んで。

＊＊＊

ベッドの正面の壁には、目ざめた時まっ先に見えるように、母自作の大きな水墨画が掛かっている。ヘルパーさんの助けを借りて、季節ごとに掛け替えていたようだ。寝室は心地よい母の城であった。

入浴のお手伝い

「恥の文化」を大切に生きてきた人にとって、入浴時にお手伝いを頼むなどとんでもないことだ。

母94歳の4月の誕生日の3か月前のまだ寒さ厳しい頃のことだ。昼間に私が待機している時間帯に入浴することになっていた。入浴と言っても腰かけてシャワーがやっとである。お風呂を出た後、体をふき再度服を着るのにあまりにも時間がかかり風邪でも引きそうだ。

見るに見かねて、リゾートホテルに準備されているような、真っ白なふわふわの厚いバスローブを買い求め、浴室から出た後、後ろから「がばっ」と覆うというお手伝いに、やっと成功した。

しかし、一緒にお風呂に入ることは一度も許されなかった。その昔、身長160センチの八頭身美人を自認していた身としては、他人どころか娘にも衰えた体を見られるのは耐えられなかったに違いない。

サポートしてもらっている介護士さんの時間にゆとりが出きたので、次はいかにして入浴介護を本人にOKさせるかの、秘密作戦会議を開いた。5月下旬から私が少し留守にするので、それをきっかけにデイサービスでの入浴へ……という方針だったが、作戦は5月16日の母の死で果たせなかった。少し残念。

この年の2月頃、嘆きの言葉を聞いた。この間まで、家中、何か所にも鏡を置いて通るたびに顔を点検していたということ。「鏡を見るとぞっとしてしまう！でも今は目も見えなくなったから丁度いいわ！」と言う。そう言えば、家の中でそういくつも鏡は見かけなくなった。

私にとって母は母以上の何物でもない。お化粧が不十分であろうが、なかろうが、美人だったか、その美貌が失われたか、など気になることはない。

ヘルパーさんのお仕事

私がお掃除で一番やりたくないのは浴室とお手洗いの掃除。もう40年もお掃除はお掃除おばさんを契約してお任せしてきた私から見ると、ヘルパーさんには真っ先にお風呂場やお手洗いの掃除をお願いしたいところ。

3年ほど前に知ったことは、母はこの2か所は絶対自分で掃除することにしているとの事実である。このことにはかなり仰天した。ヘルパーさんにこっそり聞くと、そこはお掃除させてもらえないと言う。

ある日、実家のお手洗いを使ったところ、微妙に許せない汚れが端に残っていた。そのことを遠慮がちにチラリと言うと、母はぎょっとしながらも「ちゃんと掃除してるんだけど……」とポツリと言った。

話は少しそれるが、目が見えにくくなるのは老化で自然のこと。緑内障で視野狭窄になるのも生まれながらの盲目とは違う。不自由ながらもそこそこの日常生活ができていれば、いつ突然失明するかもしれない病気でも介護認定や重大な家事支援の対象とはならないらしい。頭の老化すなわち認知症は介護認定の対象になる。

老人本人が自宅で幸せに暮らすための要件とは何か。ひょっとして介護保険制度は、健常な周辺家族が心穏やかに支障なく生活するための制度で、老人本人のための制度ではないのでは、などと思ってしまう。

ところでお手洗い掃除の顚末だが、どうもこの1年は目も不自由になり体の動きもままならず、清潔好きの母はついに白旗を挙げたらしかった。

もう一つの大仕事

ある日、ちょっと実家を覗くと母は、はあ～と大きなため息をつきながらこう言った。「明日はゴミ出しの日なんだけど、ヘルパーさんが来ない日なので大変。」

ゴミ置き場は勝手口を出て5メートルほどの道幅の斜め向かい側、距離にして30メートルくらいのところなのに、これが大仕事らしい。杖を突き、握力の無い片手でゴミ袋を持ち5メートルの道路を渡り少しだけ歩くことが、大きな悩みだそうだ。

可燃ゴミ以外のプラゴミや不燃ゴミなどは、ヘルパーさんが車で家に持ち帰って捨ててくれるそうだ。プラゴミ捨て場は100メートルも離れており、母は自分で運ぶことはできなかったので、本当にありがたいことだった。

いつの日だったか、道路をやっとの思いで渡った直後、1台の車がさっと横を通りすぎたようだ。その風圧でよろよろとし尻もちをついてしまったが、車は行ってしまった。さて、どうしようかと暫く座り込んでいたが、誰も通らないので必死で立ち上がったとのこと。住宅街でのノロノロ運転の車の風圧で転ぶなんて……、人が通らないか暫く尻もちをついていたなんて……、なんという風景だろうか。ほんの20年ほど若いだけの私には想像できない事態としか思えない。

しかし心温まる話もある。母が家の前でゴミ袋を下げ一息ついていると、通勤途中の見知らぬ人が風のように現れ、さっと無言でその袋をつかみ、30メートル先の置き場に捨ててくださったことがあったそうだ。

その親切な人に、私は感謝いっぱいである。ゴミ袋を持って一呼吸二呼吸する母の姿がさぞかし気になる風景だったのであろう。きっとその方は100メートルも手前から見ていらっしゃったに違いないと私は思う。

マイペースでも慎重に

お出かけの時の呪文

「気を付けて。転んだら終わり」これは肝に銘じて絶対忘れてはならない高齢者の心がけである。

部屋から部屋へ移動する時の畳のヘリ、絨毯の厚み、どれも5ミリもないと思われるが、何故か躓いて転んでしまう。筋力の低下から歩く時に足を上げたつもりでも上がっていないのだ。いわんや、外へ出かける時は5ミリどころか1センチ、5センチの段差はザラである。見ているとその足の上げ方は、まるで足の甲に鉄の塊でも載せているのではないかと思うような上げ方である。鉄の塊（足枷《あしかせ》？）を付けた状態で一度転んでしまったら、地べたから起き上がるのは筋力の衰えた者には不可能である。

そう言えば、私も、もうやめようかと悩みながらも楽しんでいたスキー。斜面で

はなく、単なる通路のような平坦な雪上で転ぶと、重《おも》りのようなスキー靴を履いたままで起き上がるのは大変、と60歳を超えて初めて自覚した。転んで板と足が絡んでしまうと、これでよく骨折しなかったものだと呆れるくらい、足を解くのにも難儀する。つまり筋肉は硬化しているのである。「転んだら終わり」は私にとってもスキーをする時の呪文となった。

室内でも転べば簡単に骨折してしまう老いの身、戸外では呪文を唱えながらそろそろと歩くことが必定である。「ノロノロしてもう～」と思っても、ご本人は必死なので、明日は我が身と思い見守ることとしよう。

一人暮らしのリスク管理

道路に面して、やたら長細い家に母は一人で20年暮らした。これは一人住まい4、5年後の事件である。

地方都市の主要駅から徒歩5分、車の流れの激しい国道から徒歩2分の立地で周囲は家人の少ない家が軒を連ねている。夜は大層物騒である。昼でも勝手口の木戸がうっかり半開きになっていると、見知らぬ人がぬっと立っていることも度々だそうだ。

夜10時頃、遠隔地の娘の私に珍しく緊急電話がかかった。余程でないと電話などかけてこないのに何事か。開口一番「屋根の上を誰かが走った！」と叫ぶ。まさか江戸時代の盗賊鼠小僧《ねずみこぞう》でもあるまいに、屋根裏をネズミかイタチが走ったのをトンデモない勘違いをしたに違いないと思うが、遠方の私はどうしようもない。

「ドンという大きな音がしてから、瓦の上を確かに人が走った」と譲らないので警察と警備会社に連絡を、と言ったものの半信半疑である。

やきもきして20分ほど後に様子を聞くと、警察官がピンポンとやってきて「賊が追われて1軒向こうの屋根から、さらに次の家の屋根へと飛び移り逃走した」との報告をし、大丈夫かと聞いてきたとのこと。何があってもドアは開けないでと言うと「そんな！ 開けるものですか。警察を騙っている賊かもしれないのに」。さすが、我が母、そこまで冷静かと少なからず感心した。

そうこうする内に今度は警備員が駆け付けたため、インターホン越しに周囲のチェックを依頼し、事なきを得た。この夜は絶対に外の様子を見ることはせず、家に潜んでいたとのこと。その後の、深夜の警察官の事後報告もインターホン越しにて終了。気づかなければ知らずに済んだ事件であった。

昨今の世の中、老女の一人住まいとわかれば、スキだらけの長細い家でどこからでも侵入可能だ。私は母亡き後、その実家に一人で一晩過ごした時には、心臓がドキドキと高鳴り、不安な一夜を過ごした。

一人暮らしの効用

老夫婦生活ないし一人暮らしが面倒になったり不安を感じるようになったら、思い切ってある程度元気なうちに自立型老人ホームに転居する。お掃除・洗濯・おさんどんは助けてもらい、気がむいたら自炊や外食をし、自由に旅行にも出かける。

理想的な老後生活を目指して、集団生活にも慣れておき、引きこもりにならず生活の活性化にはつながるような気がするが……。しかし、その年数は長くはないだろう。その後に訪れる苦難な老後生活の方が長いかもしれない。

人は気力・体力が充実している時、仕事に精を出し、子供を必死に育て、各々にかかわる組織・集団に気を遣い、その上で、付け足しのように日常生活を営んできた。しかし、いずれ、毎日の何でもない当たり前の生活の繰り返しの老後を、誰しも迎えることになる。

人は生まれて来る時とあの世に行く時、どちらも一人ぼっちだ。老後一人になって生きている時間は、それが長いか短いかわからないが、マイペースでできる範囲のことをこなしながら、心地良い生活を送ること。それには、いろんな人たちの程よい助けを借りながら、一人で工夫を凝らし頑張っていくことも生きていくための知恵と言えるのではないだろうか。

何が老後の幸せか、私は母の様子を観察しながら模索し、亡くなった今もまだまだ模索途中の毎日である。

介護施設のうわさ

高齢者の介護施設行きのよくあるパターンは、転んで骨折、入院中に歩けなくなり、病院から介護施設へ。早く家に帰りたい、帰りたい、と言っている間に、当人の部屋はお嫁さんに片づけられている……。

母には悲惨な生活を送ることになってしまった女学校同級生のいろんな情報が入ってくる。施設に入ったご本人が帰るつもりでいる家の、自分の部屋の家財まで片づけられるとは、いかにもひどい話だ。確かに94歳にもなって介護施設へ入ったら我が家に帰れる可能性は低いかもしれないが、もう少し待ってあげることはできないのか、家族ってそんなものなのだろうか。

介護施設のあまりよくないうわさは情報通の母のところに続々と入ってくるらしい。

〇〇施設は食事が特にまずい、話の合う入居者も見当たらず退屈だ、食事の時には「はいお薬」と言って食べ物のように薬が目の前に置かれる、電話をかけることが許される時間帯と時間に制約がある、など。

母も3、4年前までは、多少考えるところがあったらしく、入居中の友達を訪ねるという名目で施設を偵察しに出かけて行った。やっぱり駄目だという確信を抱いて帰ってきたようだ。それからの母は、健康維持のために軽い運動を指導してくれるデイサービスへの参加についても、話題にすると警戒して怒り出す始末。「私は忙しい。毎日たくさんすべきことがある。」最後には「私はこの家で野垂れ死にする！」と啖呵を切った。

その気概が一人で生活をよりよくするための努力・工夫・ボケ防止につながっていたに相違ない。

老いるということ

この項は母のことではなく、私の義母の話である。

お義母《かあ》さんは60歳を過ぎた頃から、80歳を越えて亡くなったお義祖母《ばあ》ちゃんの代わりに野菜作りを始めた。その生活はこんな具合だ。

作物が育つのに寄りそうのは本当に楽しい。ちょっとした気遣いでどんどん野菜の出来は良くなる。人格を持った子供を育てるより、黙って結果を出してくれるので、素直に自分も反省もできるし、自然に対しては謙虚さが必要なことを思い知らされる。大根は豊作で干して浅いぬか漬けを作り貯める。カリモリの味噌漬けは野菜の鮮度を残した浅漬けで、これも樽いっぱい製造した。さっぱりした味から濃い味へと時間とともに漬物は変化する。その味の変化を家族は楽しんでくれる。

ところが、20年も経つと、お義母さんは80歳を越え、だんだん作る野菜の種類が限られてきた。カリモリの栽培は中止となり、絶品の浅漬けは食卓から消えた。90歳でお義父《とう》さんを見送り一人暮らしが始まった。その頃から家庭農園の作物の出来が、微妙に毎年悪くなる。夏、夜明けとともに起き畑の草抜きをするのが気持ち良い朝の習慣であった。が、ついに膝の靭帯に負担がかかり炎症を起こし、「多少良くなったとしても、草抜きはなるべく控えるように」とお医者様に言われてしまった。

庭木の手入れも変化した。屋敷の周囲を品よく囲っていた槇の木の生け垣はすべて切り去られ、風通しと見通しは大層良くなった。敷地内の庭木の剪定は、ボーボーに伸びた枝を目の敵とばかりに、ご近所さんにお願いしたか、短くちょんちょんに刈ってもらってしまった。これもわからないではないが、やはり加齢とともに気持ちの余裕がなくなったからだろう。

「見守りポット」という便利なハイテク電気ポットはここでも大活躍だ。コンセントの抜き差しの時、お湯を出した時、遠隔地の家族がメールで常時確認できるシステムである。毎日起きたらコンセントを差し、寝る時は抜くという単純な約束を交わした。これで、食事の時刻も来客の有無も、遠隔地の私たちでも把握できるというわけだ。

ある時、「見守りポット」のスイッチ等の反応が確認できなくなり、電話をかけても出ない……。夫が慌てて夜道を45分車を走らせ駆け付けると、お義母さんは大きな音声で大好きなテレビのプロ野球の観戦中である。「あら今頃どうしたの?」はないだろうと思うが、夜は来客があっても無視し、電話がかかっても出ないという主義を通しているわけである。もちろんポットの電源は今日はお湯はいらないからと入れなかったのであった……。

まあ、年をとると自分中心に物事を考えるようになるのだろうが、95歳を越えたらこれも有りか……。老いたんだと、怒りながらも納得するしかない。

時代の流れと
生きること　去ること

１９４９年の母の日記に見る世相

戦後の１９４９年、今から70年以上前の、母の新婚家庭の日記を見た。父が亡くなって20年が過ぎ、さらに母が亡くなりやっと日の目を見る日記である。

当時の結婚祝いは会社から３００円、同僚10名から合計５００円のご祝儀をいただく時代である。内祝は女子同僚職員へ羽織の紐。田舎の座敷で盛大なお披露目は行ったものの、新婚旅行は無し。結婚式後に社宅へ移動し、炊事道具を買いに街に出たと記載されている。

なんと毎月16日に結婚記念日を祝う。年1回ではない。毎月である。第1回目のメニューは張り切って牛肉50匁《もんめ》（今の１５０グラム）。

家計費が不足し結婚翌月に書籍を売って現金４６０円入手。

嫁ぎ先の本家から頻繁に野菜などもらい、実家の母親も手土産に食べ物を持って訪問してくる。引っ越し先の社宅にはお風呂がなく、屋根・壁・風呂桶など材料を購入し父が手造りする。

山へ二人で蕨取りに出かけたり、庭で野菜を栽培したりする。その野菜も大雨でダメになって悲嘆にくれる。

6回目つまり6か月目の結婚記念日の御馳走はハムとサラダ。

真っ先に義母（私の祖母）の洋服を手作りしてほっとし、その後、うきうきと自分の洋服を作る。10回目つまり10か月目の記念日を迎える前に、夫つまり父が肋膜炎を発症し両家一同あたふたする。

母の実家での出産のため夫婦離れ離れとなるが、あと2週間、あと10日、あと2、

3日……と産婆さんの宣言があるが、何と2か月もずれ込んで……。のんびりした時代である。

記録することの重みと価値がなんと大きいことかと、改めて思う。その日その日は淡々と過ぎていくが、その記録は70年も経過すると個々人の記録と言うより、庶民のその時代での生き様が鮮明に浮かび上がってくる。戦後の貧しい時代のささやかな幸せと、現代の物やお金や情報でアッと言う間にすべてが解決してしまう満足感と、どちらが生きていく上で豊かかなどと考えてしまう。

いずれにせよ、記録は絶対面白いと思い、私は今頃になって日記を付け始めた。三日坊主にもならずもう2年も真面目に日記を付け続けていて、友人に対して効用の啓蒙活動も続けている。

客観的終わりに何を考えるか

「人それぞれ」とは本当にその通りだと思う。父方の祖父は70歳前に亡くなり早めだったが、そのほかの人々はそこそこ長生きした。年をとれば死に向かう姿勢は当然枯れた心持ちになると思っていたがこれは大きな間違いだった。

亡くなった時期の直近の順に思い返してみよう。

義母　97歳と1週間。急に歩けなくなり介護施設に入所し1か月と1週間の病。最期の言葉は「長生きしすぎた」「でも、とても幸せな人生だった」「銀行から出金し、T君に10万、東京の嫁に8万、お寺さんに5万渡すこと」。商家の娘に生まれ70歳過ぎまでその実家の商売を仕切るような商売好きの人で、お金に関して厳しく自分をコントロールしていた人だった。長男と孫娘に先立たれ、残りは孫息子と次男。次男には跡取りがない。何をもって幸せと総括したか……。若い頃お金に苦労することが多かったことと比較し、最終的にその苦労がなかったことが幸せの基準の大きな要素だったのかもしれない。

母

94歳と2週間。急に倒れ大手術を乗り切り意識回復するも生き続けることできず。2日間の病。

大手術の直前に、一緒に食べようねと予約してあった料亭のお弁当がふいになり「美味しいお料理が食べられなくて残念」と悔しがる。最期の言葉は亡くなる2時間前の午後4時「今何時？　寝るにはまだ早い……」。何が何でも生き続けたい性格で、幼少の頃から「自分だけ一人ぼっちで何処かへ行くなんて……死ぬのが怖いよ」と泣いていたらしい。最期の言葉は、食べること、生きることに拘った気持ちが現れた言葉と言えよう。

義父

96歳9か月。歩けなくなり介護施設に入所し1年半。病は最後の2週間で、食事が思うように取れなくなった。

亡くなる数日前、何が食べたい？　と聞くと大きな声で「お茶漬けが食べたい」と無理な要求。フランス人は食後にチーズを食べないと終わらないとか聞いた。一方、日本人はお茶漬けと漬物で食事の最後を締める。哲学者であったがとにかく食いしん坊で美味しいものへの拘りはこの世代としては珍しかったが、やはり最後の締めはお茶漬けのようだ。

父

81歳10か月。3年を超える心臓病の闘病生活を送った。

手帳に残した本人の感想によると「この病の厄介なところは終着点は決まっているのにそれがいつかがわからないことである」。酸欠状態の妄想の中で、詳細な病状に関するメモを残している。今か今かとドキドキしていた様が見てとれる。「困ったことに私のマラソンは近いうちにゴールを迎える筈ですが非常に難しいことはそれがいつ何kmなのかがわからないことです。」

「私にとっての遺言書とは」という考え方も記録している。「遺言は私の場合何もありません。必要もありません。家族とその他の人たちに一言ありがとうと言うことで1日を終えたいのです。昼間、やわらかに対話しているのが私の遺言だと、何故わかってもらえないのでしょうか。」

亡くなる2週間前に発刊した自分史の中に「お陰様で順調にすべてが終わった。八十路は長かった」と記されている。


母方祖母　100歳4か月。歩けなくなって、今から30年ほど前のため、当時のいわゆる老人病院に10年ほど入院。高齢のため最後は眠っているような状態だった。

私の記憶にある言葉は、当時95歳頃、「私はありがたいことにご飯も美味しくいただいているのよ」、手を取って「この指輪ステキね、どうしたの」、「もう帰るの、もう少しいてちょうだいよ」だった。

静まり返った大部屋に話し相手もなく一人、目を開けてよくぞボケなかったものと思う。現在の介護制度の時代であれば、きっともっと楽しい老後だったろうにとつくづく思う。食事を美味しいと思うこと、綺麗なものが大好きだったことなど性格が如実に顕れた懐かしい言葉だ。

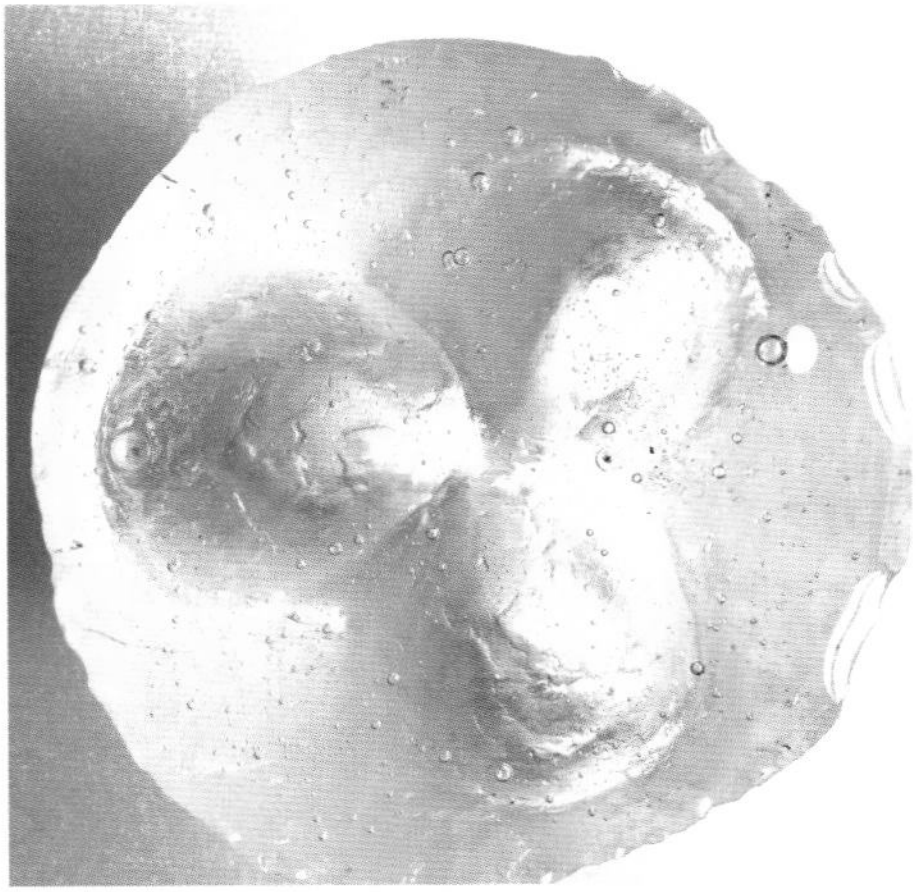

父方祖母　92歳3か月。やはり老人病院に数年入院。
几帳面な性格で亡くなる数年前に法事などお寺の行事のルールなどを記したノートを残している。そのノートに「お願い」が書いてあった。火災で全焼後空き地となって放置されてしまっている本籍地に、小さな家でよいから建ててほしいと。生前、決して口には出さなかったことだ。おそらく夫亡きあと、たった3年後の火災で、自らの責任を痛感し言うことを憚り抱え込んでいた言葉だろう。無口で人付き合いを嫌った祖母の最後のお願いが聞こえてくる。

母方祖父　83歳8か月。心臓病で2週間入院後退院、翌々日自宅にて死去。
手伝いで滞在していた従姉に聞くと、入院中発作も出ず晴れて退院してきた翌々日だったからか、その瞬間、本人は「あっ、しまった」といった様子だったらしい。そのため言葉はない。祖父の日記の記載によると四季折々の植物を愛で、足の悪い祖母の代わりに食材を買いに廻る中、発作が起きるとニトロ薬でその場しのぎを繰り返していた様子がうかがわれる。死は何とかなるさと楽観的に考えていたようだ。日記はプツンと終わっている。

父方祖父　68歳。肺がんで2年間の闘病後亡くなる。

大変な記録魔で、私の父母が亡くなった後、私が発見した祖父のノートがある。ノートには遺書と大きな字で書いてある。土地建物の経緯、自分の経歴、何を思って成人を迎えたかなど自分史そのものである。年齢がまだ60代と、悔いの残る死であったが、主に如何に家と土地を守ってきたかが書かれていた。大変なので今後は自由にしてよいとの遺言である。葬儀の方法、段取りから遺産の処分方法、夫婦の戒名に至るまで事細かな膨大なマニュアルである。最後の言葉は「祈ることは命長かることではなく静かにこの世を去りたいことだ」と記載されている。

要するに、人は長生きするほど死と同居状態となり、その人間の生きてきた姿勢そのものをリアルに発現させることとなるようだ。覚悟が必ずしも必要とは思わないが、やや早めに亡くなった父と父方の祖父に覚悟の様子がうかがわれる。せいぜい長生きして、覚悟なんて考えないでおさらばしたいものである。その時、今の私の気づいていない恥ずかしい生活態度・関心事が露出することがないことを願って。

活動的な生活はどういう影響を与えたか

母のマイペースの長い人生は、その流儀に周囲が口を出せない空気が漂っていた。それは理不尽な主張がないが故の尊厳に関わることだったような気がする。いや、私も自分の人生に一生懸命で、母に関わるゆとりもなかったのが本当のところかもしれない。

いわゆる、仕切屋・わがまま・頑固な性格は、裏を返せば信念の人だったかもしれない。これを単に当人の性格にすぎないと言ってしまうと、自ら形成する結果となる生き様につながらなくなってしまう。

私が母に本当に関わったのは2年間にも満たない。相談はしないが最小のお願いはする、何とか努力し自分で解決しなければ。その流儀は、一種、因果応報は大げさだが、自分の子たちを自由に羽ばたかせたことが、廻り巡って自分のことは自分で解決するという結果をもたらしたのではないかとも考えられる。

人の生活は、最後は衣食住を何とかこなすことが主題となる。小綺麗にしていたい・食べやすいものを美味しく食べたい・すっきりした風景の中で暮らしたい……。不自由な体になっていく中で覚悟をもって努力していかないとと思い詰めていた母の生活は、ボケている暇のない活動的な生活だった、と私は考える。なんと素晴らしいことだろうか。

あとがき

母と私はたった23歳の年の差である。高齢化が急速に進むのは、戦後の我々団塊の世代が大きな群れを成して70歳を越えてきていること。さらに、その親の世代は個人差はあるとは言うものの、これまた大きな群れを成して90歳を越えてきている。親の世代と上手に付き合っていくことが、我々70歳超の初期高齢者の重要課題である。とともに、これからの我々が心穏やかに余生を過ごすための、教えに他ならない。

母を観察することは、老化を前向きにとらえるための教訓以外の何物でもなかった。明日は我が身と思い書き連ねてみると、どうすれば自立心をもって、つまり、人間らしく生きていけるか考えさせられることばかりである。人、各々の個人差、遺伝子の差はあるような気もするが、一方、努力で生き様を変えることができるのではないかと感じるようになった。無言の教えである。

考えているだけでは始まらないよ、時には怒り、時には悲しみ、利用できるものは利用し、それが人であろうが物であろうが、人に意見は聞くが決めるのは自分。

私はまだまだ歩みの途中ではあるが、指針となる母がまだそこにいるかのような錯覚に陥る一方、とても懐かしい気分に満たされる。

最後に、出版にご協力いただいた黎明書房の皆様、担当してくださった都築様、またご協力いただいたすべての皆様に深く感謝したい。

軽い気持ちで、初めてのエッセイ集発刊を思い立ったが、いかに自分の使っていた日本語が人に伝わらない、いい加減なものだったかを思い知る意味深い経験となった。

また、文章を書くことは自分を見つめなおす良い機会になることを知ったのも収穫である。

最後までお読みいただいた皆様にも深く御礼申し上げる次第である。

2024年4月

名倉眞知子

掲載協力

大島はづ子・更紗画（47ページ）

今井みさき・画（61ページ）

坂口ゆみ子・ガラス工芸（65、162ページ）

永吉捷子・画（著者紹介）

著者紹介

名倉眞知子

1949 年三重県生まれ，名古屋市在住。

1972 年名古屋大学経済学部卒業。

会計専門職に 50 年余従事し，現在，悠々自適。

時々刻々《じじこくこく》　94 歳《さい》，ひとりで生《い》きる

2024 年 4 月 20 日　初版発行

著　者	名《な》　倉《くら》　眞《ま》　知《ち》　子《こ》
発行者	武　馬　久仁裕
印　刷	藤原印刷株式会社
製　本	協栄製本工業株式会社

発　行　所　　株式会社　黎《れい》　明《めい》　書《しょ》　房《ぼう》

〒 460-0002　名古屋市中区丸の内 3-6-27　EBSビル

☎ 052-962-3045　FAX052-951-9065　振替・00880-1-59001

〒 101-0047　東京連絡所・千代田区内神田 1-12-12　美土代ビル 6 階

☎ 03-3268-3470

落丁本・乱丁本はお取替します。　ISBN978-4-654-07724-3

新しい女性、新妻 房子への手紙

◆100年前・大正時代の在外研究員の留学日記

中野清作 著

四六判・230頁　2500円

1922年～1924年に、文部省在外研究員として米、欧州へ留学中の著者中野清作が、日本に残した身重の妻・房子へ送った日記。

第一次世界大戦後間もない米、英、独の様子を克明に記録。

目次

1　太平洋航路
2　桑港《サンフランシスコ》、シカゴ
3　マディソン、シカゴ、ナイアガラ
4　紐育《ニューヨーク》、華盛頓《ワシントン》
5　大西洋航路
6　倫敦《ロンドン》
7　伯林《ベルリン》
付　関東大震災の前後の房子宛私信
米国、英国、独逸への行程表